Liaison avec un roi

CLARE CONNELLY

Liaison avec un roi

Traduction française de
DOMINIQUE TRUFFANDIER

AZUR

HARLEQUIN

Collection : Azur

Ce roman a déjà été publié en 2020

Titre original :
SHOCK HEIR FOR THE KING

HARPERCOLLINS FRANCE
83-85, boulevard Vincent-Auriol, 75646 PARIS CEDEX 13
Service Clients — https://www.harlequin.fr/contenu/contactez-nous
ISBN 978-2-2805-1797-3 — ISSN 0993-4448

Édité par HarperCollins France.
Composition et mise en pages Nord Compo.
Imprimé en avril 2025 par CPI Black Print (Barcelone)
en utilisant 100% d'électricité renouvelable.
Dépôt légal : mai 2025.

FSC www.fsc.org MIXTE Papier issu de sources responsables FSC® C159065

Pour limiter l'empreinte environnementale de ses livres, HarperCollins France s'engage à n'utiliser que du papier fabriqué à partir de bois provenant de forêts gérées durablement et de manière responsable.

Prologue

Trois choses comblaient Matthias Vasilliás. L'instant où le soleil plonge derrière l'horizon, baignant le monde d'un éclat or et pêche. Le pays sur lequel il régnerait dans une semaine. Et les femmes, même s'il ne restait jamais avec la même très longtemps, et n'attendait de sa partenaire rien d'autre que du sexe.

Le vent qui s'engouffrait par la fenêtre de la chambre d'hôtel agita le rideau. Il le regarda pendant un moment, envoûté par la beauté du tissu, aussi fragile et éphémère que ce moment. Quand viendrait le matin, il serait parti, et elle ne serait plus qu'un souvenir… Un fantôme de sa vie.

S'il avait su qu'elle était vierge, jamais il n'aurait cherché à la séduire. Il ne pouvait rien lui offrir, rien lui promettre, en échange du cadeau qu'elle lui avait fait.

Il préférait coucher avec des femmes expérimentées qui savent comment marche le monde et comprennent qu'un homme tel que lui ne peut ni leur offrir son cœur ni assurer leur avenir. Parce que, quand il se marierait, ce serait en raison d'un choix politique, avec une femme qui serait son égale et dirigerait son royaume à ses côtés.

Mais pour le moment, il y avait cette nuit, et Frankie.

Elle caressa son dos du bout des doigts et, quand il sentit ses ongles mordre sa chair, il s'abandonna entièrement. Il plongea dans sa douceur et, dans la tiédeur de cette soirée new-yorkaise, elle cria le nom sous lequel il s'était présenté :

— Matt !

D'habitude, les femmes qu'il rencontrait le reconnaissaient, savaient qu'il était plus riche que Crésus et s'apprêtait à monter sur le trône d'un puissant pays d'Europe… Mais cette période de sa vie touchait à sa fin.

Dans sept jours, il dirigerait Tolmirós. Il devrait se plier aux contraintes de la vie de roi et renoncer à son amour des femmes et du sexe. Dans sept jours, sa vie changerait du tout au tout.

Pour le moment toutefois, il était ici, avec une femme qui ne savait rien de sa vie, de son peuple, de ses obligations.

— C'est parfait, gémit-elle en arquant son corps.

Il se sentait coupable d'avoir entraîné cette jeune innocente dans son lit pour son propre plaisir, pour assouvir ses besoins, en sachant qu'il ne la reverrait jamais.

Même si elle lui avait clairement dit qu'elle n'attendait de lui rien de plus que ce week-end, il était conscient de l'utiliser pour fuir une dernière fois la réalité implacable de sa vie. En faisant l'amour avec elle, il avait l'impression d'être un homme comme les autres, sans rien de royal.

Il prit son sein dans sa bouche et caressa son téton de la langue. Quand il le sentit enfler, il s'enfonça encore plus profondément en elle et se demanda si une femme avait jamais été aussi parfaitement faite pour un homme.

Il crispa les doigts dans ses longs cheveux blonds et attira sa tête vers la sienne. Il l'embrassa jusqu'à ce qu'elle gémisse et que son corps tout entier se soumette à lui.

Il se sentait investi d'une puissance prodigieuse… mais elle était dérisoire à côté de celle qui l'attendait.

Pour son pays et son peuple, il était prêt à renoncer à des plaisirs tels que celui-ci, à des femmes telles que Frankie. Mais pas tout de suite.

Pendant quelques heures encore, il serait Matt, tout simplement, et Frankie serait sienne…

1

Trois ans plus tard

Debout sur le balcon de son appartement terrasse de Manhattan, Matthias contemplait la ville scintillante qui s'étendait à ses pieds, en s'efforçant de ne pas penser à la dernière fois où il s'était tenu ici même.

Il se gardait bien de poser les yeux sur l'École des arts, et s'interdisait de penser à la femme qui lui avait donné son innocence en même temps que son corps. Elle l'avait alors comme envoûté.

Il soupira, parce qu'il n'avait pas le droit de penser à elle.

Dans un mois maintenant, ses fiançailles seraient officialisées. Trois ans plus tôt, il s'apprêtait à monter sur le trône. Cette fois, il n'était plus qu'à quelques semaines de prononcer ses vœux de mariage.

L'avenir de Tolmirós reposait sur ses épaules. Toute la nation attendait que son roi se marie enfin et lui donne un héritier. Sa famille était morte alors qu'il était encore adolescent, et la perspective de se marier, d'avoir des enfants, pesait lourd sur sa poitrine. Car il n'y avait rien de facile à remplacer ce que l'on avait perdu !

Mais c'était nécessaire. Il lui fallait un héritier, et donc une épouse, qui serait choisie parmi les femmes élégantes et cultivées que son assistant avait sélectionnées pour lui.

Il ferma les yeux et Frankie lui apparut aussitôt, telle qu'elle était l'après-midi de leur rencontre : des habits tachés de peinture, une queue-de-cheval et un sourire contagieux. Sa gorge se noua à l'idée que sa reine ne ressemblerait en rien à la jeune femme.

Ce qu'ils avaient partagé défiait le bon sens et la logique. Cette simple aventure l'avait tellement troublé qu'il avait très vite compris qu'il risquait d'oublier tout ce qu'il devait à son peuple, s'il passait plus de temps avec cette femme. Telle une sirène surgie des profondeurs marines, elle l'avait entraîné vers le danger sans même s'en rendre compte.

Il avait donc fait ce qu'il faisait le mieux : il avait muselé ses émotions et s'en était allé, sans un regard en arrière.

Mais maintenant qu'il était de retour à New York, il se surprenait à nourrir des pensées qu'il s'était exercé à refouler. S'il ne pouvait pas contrôler ses rêves, sa raison lui dictait pourtant d'arrêter de ressasser le passé, et à plus forte raison un événement aussi bref que celui-ci.

Sauf que Frankie était partout où se posait son regard. Dans les lumières aussi étincelantes que ses yeux, dans la silhouette élégante des gratte-ciel, aussi élancés qu'elle était petite, dans la vivacité, l'animation...

Que ressentirait-il, s'il la revoyait ?

Il n'était plus le même homme. Il était roi, désormais. Mais ses besoins étaient restés les mêmes.

Tandis qu'il contemplait la ville, l'idée grandit en lui. Quel mal y avait-il à replonger dans le passé, juste pour une nuit ?

— L'éclairage est parfait, s'enthousiasma Frankie.

Elle posait son regard aiguisé d'artiste sur les murs de la galerie du centre-ville. L'exposition ouvrait le lendemain : c'était sa dernière chance de s'assurer que tout était exactement comme elle le souhaitait.

Un frisson d'excitation la parcourut. Pendant des années,

elle avait lutté pour que son art soit reconnu. Le moindre penny qu'elle gagnait lui servait à garder un toit au-dessus de leurs têtes. Quand on était libre comme l'air, le concept de l'artiste affamée pouvait sembler romantique. La réalité l'était beaucoup moins, surtout quand on avait un enfant de deux ans et demi qui grandissait à toute vitesse.

Mais cette exposition pouvait tout changer. Deux journaux avaient déjà envoyé des critiques pour une visite en avant-première, et le vernissage avait été annoncé dans toute la ville. Peut-être que cette exposition allait enfin lui permettre de percer sur la scène artistique new-yorkaise.

— Je pensais mettre des petits spots, ici.

Charles, le galeriste, inclina la tête vers une série d'huiles abstraites qui représentaient le lever de soleil sur l'océan. Elle avait rendu les couleurs de l'aurore par des balafres de peinture. Elle savait que ces tableaux seraient interprétés différemment par chaque visiteur, et l'idée lui plaisait. C'était sa façon de dire que chaque jour était ce qu'on en faisait.

— J'aime l'éclairage que vous avez choisi, objecta-t-elle.

Elle était horriblement nerveuse parce que, bien plus que ses œuvres, c'était son âme qui était exposée sur ces murs. Chaque rêve, chaque souhait, chaque peur avaient été capturés sur ces toiles. Même dans les portraits de Leo, avec ses épaisses boucles noires, ses yeux gris, tellement étincelants qu'ils semblaient argentés, ses grands cils recourbés. Leo était son petit amour, son cœur et son âme, et ses portraits allaient être vus par des milliers de personnes – elle l'espérait, du moins.

— On a sonné, murmura Charles sur un ton d'excuse.

Il s'éloigna, et elle fit quelques pas vers le portrait de Leo qu'elle avait peint l'automne précédent.

Ce jour-là, il ramassait des feuilles mortes sur le trottoir et les jetait en l'air en riant, avec tout l'enthousiasme dont un garçon de deux ans peut faire preuve. Il les regardait retomber, s'accroupissait, et recommençait.

Frankie n'avait pu s'empêcher d'immortaliser ce moment

d'euphorie. Elle avait pris des centaines de photos, s'était mise au travail le soir même, jusque tard dans la nuit, et avait fait ce qu'elle faisait le mieux : elle avait saisi une tranche de vie, une atmosphère, et l'avait figée sur la toile.

— L'exposition ouvre demain soir, monsieur, mais si vous désirez regarder rapidement la collection...

— J'aimerais le faire, oui.

Il suffit de cinq mots pour qu'elle reconnaisse cette voix. Un nouveau frisson la saisit, mais ce n'était pas un frisson d'anxiété, ni de joyeuse impatience. C'était un frisson né des souvenirs, accompagné d'une douleur sourde.

Elle se retourna lentement, comme si cela pouvait suffire à faire disparaître la réalité. Mais quand elle regarda l'homme qui se tenait à côté de Charles, son monde chavira.

Matt.

Tout lui revint aussitôt. Quand elle s'était réveillée le matin qui avait suivi leurs ébats, il avait disparu sans laisser la moindre trace. Pas de petit mot pour lui dire comment le contacter, rien. Seule lui était restée l'étrange sensation qu'on avait fait l'amour à son corps, assoiffé d'éprouver cette sensation de nouveau.

— Bonjour, Frances.

Ses yeux étaient tels que dans ses souvenirs, semblables à ceux de Leo. Dans combien de rêves avait-elle mélangé le gris et l'argent pour peindre ces yeux, avant de les faire étinceler d'une touche de blanc ? Et ces cils, tellement épais et brillants ? Comment les reproduire sur une toile sans donner l'impression d'avoir eu la main lourde ?

Cela faisait maintenant trois ans que Frankie n'avait pas vu cet homme mais, grâce à ses rêves, elle gardait de lui un souvenir aussi net que s'ils s'étaient rencontrés la veille.

Oh ! comme elle avait envie de dévorer son corps des yeux, centimètre par centimètre, de se rappeler la douceur avec laquelle il l'avait prise dans ses bras puissants pour s'approprier son corps, ôtant les vestiges de son innocence...

Elle croisa les bras sur sa poitrine et soutint son regard. Il la dévisageait avec une avidité égale à la sienne.

— Matt, dit-elle simplement.

Elle fut fière d'entendre sa propre voix s'élever, calme et égale.

— Est-ce que tu veux acheter une œuvre d'art ?

Quelque chose grésilla entre eux, une énergie intense. Frankie l'ignora, parce qu'il n'était pas question pour elle de se laisser dominer par ses émotions.

— Est-ce que tu accepterais de me montrer ton travail ?

Ce n'était pas une réponse, mais une invitation où se tapissait le danger. Elle se rappela soudain que toutes les toiles accrochées derrière elle étaient des portraits de leur fils. Il suffisait que le regard de Matt dévie de quelques centimètres pour qu'il découvre le résultat tangible du week-end qu'ils avaient passé ensemble.

— Bien sûr, répondit-elle en le précédant vers une autre salle d'exposition, d'un pas un peu trop vif. Mais je ne peux t'accorder que quelques minutes.

Du coin de l'œil, elle surprit le regard perplexe que Charles posait sur elle. Ce n'était pas étonnant : il suffisait de regarder Matt, son costume bien coupé et ses chaussures étincelantes, pour deviner qu'il était assez riche pour acheter toutes les toiles de la galerie. En temps normal, jamais elle n'aurait éconduit un acheteur potentiel.

Mais cet homme avait déboulé dans son univers et l'avait séduite sans effort avant de disparaître, aussi rapidement qu'il était apparu. Il était dangereux, et elle refusait de passer plus de temps que nécessaire avec lui.

C'est le père de ton fils, souffla sa conscience. Elle faillit s'arrêter net, saisie par l'intensité de cet élan moral.

— Je remplacerai Mlle Preston quand elle partira, dit Charles, derrière eux.

Matt s'arrêta et se retourna.

— La compagnie de Mlle Preston sera suffisante, merci.

Les joues du galeriste rosirent, et le cœur de Frankie se

gonfla de pitié pour lui. La galerie de Charles La Nough était l'une des plus réputées de New York, et il avait l'habitude d'être traité avec respect, voire avec crainte.

Pour le réconforter d'avoir été ainsi éconduit, elle ajouta :

— Si nous avons besoin de vous, je vous appellerai.

— Très bien.

Charles renifla, se détourna et disparut.

— Tu n'avais pas besoin d'être aussi grossier, dit-elle.

Mais cette fois, sa voix était légèrement haletante. Matt se tenait à moins d'un mètre d'elle, assez près pour qu'elle sente son parfum et la chaleur de son corps. Son pouls se mit à battre avec force.

Des désirs qu'elle avait crus morts s'éveillaient en elle, suppliant d'être assouvis. Mais comme ils n'avaient plus leur place dans sa vie, elle les ignora. Elle releva le menton d'un geste de défi, et regarda Matt droit dans les yeux.

— Maintenant que nous sommes seuls, tu peux me dire pourquoi tu es ici. Parce que je sais très bien que ce n'est pas pour acheter l'une de mes peintures.

Décidément, la mémoire était une chose étrange. Pendant trois ans, Matthias avait gardé de Frankie Preston une image qu'il avait crue parfaitement fidèle. Mais maintenant qu'il était face à elle, il remarquait un millier de minuscules détails que son esprit avait omis d'inscrire dans les banques de données de sa mémoire. Il aurait aimé pouvoir passer des heures à la regarder.

Elle était toujours la femme la plus troublante, la plus intrigante qu'il ait jamais vue, sans pouvoir dire pourquoi au juste. Peut-être à cause de ses yeux en amande, aussi verts que dans son souvenir, de son nez légèrement retroussé et parsemé de taches de rousseur, ou de ses lèvres...

Dio, ses lèvres... Elles étaient roses, pulpeuses et douces. Quand il y avait appliqué sa bouche, trois ans plus tôt, elles s'étaient entrouvertes sur un soupir rauque, s'abandonnant à lui, l'accueillant. Son corps se tendit à ce souvenir.

Ce jour-là, elle revenait d'un cours d'art. Son jean et son débardeur blanc étaient couverts de taches de peinture. Elle était tellement perdue dans ses pensées qu'elle lui avait foncé dedans, étalant sur son costume une bonne quantité de bleu céruléen.

Même vêtue ainsi, elle lui avait tout de suite plu.

Aujourd'hui, elle portait une longue robe noire à manches courtes, dont le décolleté ne dévoilait rien des courbes généreuses de sa poitrine. Ses pieds étaient chaussés de sandales en cuir et un collier jaune vif encerclait son cou. La tenue était plus élégante mais lui ressemblait tout autant. Ou, du moins, ressemblait à la femme dont il avait gardé le souvenir.

Mais cette femme devait n'être qu'une création de son esprit, le produit d'un fantasme. Comment aurait-il pu la connaître ? Ils avaient passé si peu de temps ensemble.

— Comment sais-tu que je ne suis pas venu pour acheter un tableau ?

Elle pinça ses lèvres peintes d'une nuance rose sombre particulièrement fascinante.

— Parce que tu ne t'intéresses pas à mon travail.

Il pensa à la toile qu'il avait achetée par l'intermédiaire d'un marchand d'art et accrochée dans son bureau – celle sur laquelle elle travaillait le jour de leur rencontre – et fronça légèrement les sourcils.

— Pourquoi dis-tu cela ?

Ses joues rosirent.

— Parce que je n'ai pas oublié que c'est en feignant de t'y intéresser que tu m'as séduite. Cette fois, tu ne m'auras pas. Alors, qu'est-ce qui t'amène dans cette galerie, Matt ?

En entendant ce nom, il fut empli d'un flot d'émotions contradictoires. De la honte, parce que, s'il s'était présenté sous ce diminutif, c'était sans doute qu'il avait toujours eu l'intention de la berner. Mais aussi du plaisir. Jamais aucune autre femme ne l'avait appelé ainsi. C'était *leur* nom, il appartenait à ce week-end, et jamais il n'oublierait la fougue avec laquelle elle l'avait crié au plus fort de sa passion.

Soudain, il eut envie d'elle.

Trois ans plus tard, il se félicitait encore d'avoir agi comme il le fallait pour servir son royaume, d'avoir résisté à une tentation qui défiait toute logique.

Mais... Oh ! oui. Il avait toujours envie d'elle.

Il se rapprocha de Frankie, juste assez pour sentir les effluves vanillés de son parfum, et planta son regard dans le sien.

— Je vais bientôt me marier.

Frankie eut l'impression que ces mots lui parvenaient de très loin et que le sol de la galerie ondulait sous ses pieds, menaçant de la faire basculer dans le néant.

« Je vais bientôt me marier. »

Son estomac se noua, sans doute de soulagement. Puisqu'il allait se marier, elle était en sécurité. Les éclairs de désir qui la parcouraient ne pouvaient pas l'atteindre, pas plus que le besoin insensé de revivre un passé qu'il valait mieux oublier. Et d'ailleurs, comment pouvait-elle éprouver un tel désir pour un homme qui était parti sans même avoir eu la décence de lui laisser un mot ?

— Très bien, dit-elle, d'une voix moins calme qu'elle l'aurait souhaité. Tu cherches peut-être un cadeau pour ta future femme ? J'ai justement quelques paysages très romantiques, que j'ai peints dans le Massachusetts.

« Je vais bientôt me marier. » Ces paroles virevoltaient dans son esprit, ricochant sur les confins de sa conscience.

— Cette toile, peut-être ?

Elle représentait un lac entouré d'arbres dont les feuilles orange vif se détachaient sur un beau ciel bleu. Son cœur se serra quand elle se rappela cette journée, cette tranche de vie. C'était la toute première fois qu'elle emmenait Leo en vacances. Ils avaient visité Paxton et ses environs.

— Frankie...

Il avait parlé d'une voix douce mais empreinte d'une telle autorité qu'elle se tourna vers lui, hantée par le souvenir de la façon dont il avait gémi son nom en l'embrassant dans le cou, avant de taquiner ses tétons du bout de la langue...

Mais il était plus près qu'elle l'avait cru, de sorte que leurs corps s'effleurèrent et qu'elle eut l'impression de recevoir une décharge électrique. Troublée, elle recula d'un pas. Hélas, il était encore trop près. Quand elle inspira, son parfum la grisa. *Il allait se marier !*

— Qu'est-ce que tu fais ici ? demanda-t-elle, sans chercher à dissimuler son agacement.

Après tout, cet homme était un fragment désagréable de son passé. Oh ! le week-end en lui-même avait été agréable, bien sûr, mais le reste ? Quand elle s'était réveillée, il avait disparu. Ensuite, elle avait découvert qu'elle était enceinte, et n'avait pu le contacter. Même le détective qu'elle avait engagé avait été incapable de retrouver sa trace !

Il avança d'un pas, comblant l'espace qui les séparait. Il semblait tendu, irrité.

— Je voulais te revoir avant de me marier.

Elle s'accorda quelques instants pour analyser sa réponse, sans parvenir à lui trouver de sens.

— Pourquoi ?

Ses yeux s'étrécirent.

— Est-ce qu'il t'arrive de penser aux moments que nous avons passés ensemble ?

Cette question déclencha en elle une fureur d'une violence telle que Frankie ravala un juron que sa mère adoptive n'aurait certainement pas approuvé.

— Est-ce que tu te fiches de moi, Matt ? Tu vas te marier, et tu es venu évoquer le bon vieux temps avec moi ?

Elle s'éloigna vivement de lui. Son cœur battait follement

et le regard qu'il posait sur elle lui coupait presque le souffle. Mais elle était tellement furieuse qu'il ose réapparaître après toutes ces années pour lui parler de ce fichu week-end...

— Mais peut-être que ça ne te suffit pas, reprit-elle. Qu'est-ce que tu veux ? Coucher une fois de plus avec moi ?

Elle croisa les bras mais regretta aussitôt son geste en voyant le regard de Matt se poser sur sa poitrine. Poussée par l'indignation, elle poursuivit :

— Tu n'es quand même pas en manque de sexe au point de te rabattre sur des maîtresses ramassées il y a des années !

Un muscle tressaillit dans sa mâchoire. L'insulte avait atteint sa cible, blessé sa fierté de mâle dominant. Et elle s'en moquait.

— Et non, je ne repense jamais à ce week-end, lança-t-elle. Tu n'es qu'un mauvais moment de mon passé et, si je pouvais effacer ce qui s'est passé entre nous, je le ferais.

Son estomac chavira. C'était un mensonge, parce que ce week-end lui avait donné son fils.

— Oh ! vraiment ?

Son accent était toujours aussi charmeur, et sa voix pleine d'une séduction dangereuse.

— Oui, vraiment, répondit-elle en lui jetant un regard noir.

— Tu ne repenses donc jamais à ce que tu ressentais, quand je t'embrassais ici ?

Elle ne s'attendait pas à ce qu'il la touche. Le simple contact de son doigt à la base de son cou fit courir son pouls dans ses veines.

— Non, répondit-elle d'une voix mal assurée.

— Et quand je te touchais ici ?

Il fit glisser son doigt jusqu'à la naissance de ses seins.

Que Dieu lui vienne en aide... Même si leur relation avait été un désastre, elle était en passe de se noyer dans la perfection des souvenirs.

Pendant une seconde, elle eut envie de s'abandonner, de faire comme s'ils avaient remonté le temps jusqu'au moment où ils s'étaient retrouvés dans cette chambre d'hôtel et avaient tout oublié du monde extérieur. Mais cela ne servirait à rien.

— Non.

Bien que son désir fût maintenant presque aussi intense que sa colère, elle repoussa sa main et s'éloigna de lui. Elle le toisa un moment, en quête du moindre indice indiquant qu'il brûlait du même désir qu'elle.

— C'était il y a trois ans, dit-elle. Tu ne peux pas réapparaître comme ça, après avoir complètement disparu de ma vie.

Il lui opposa un visage dénué de toute émotion.

— Il fallait que je te voie.

Son cœur se serra à ces mots. Peut-être n'avait-il jamais pu oublier la nuit qu'ils avaient passée ensemble. Et pourtant, il était parti sans un regard en arrière, ne l'avait jamais appelée, n'avait donné aucun signe de vie.

— Eh bien, tu m'as vue, dit-elle d'un ton ferme. Et maintenant, tu ferais mieux de partir.

— Tu es en colère après moi.

— Oui. Quand je me suis réveillée, tu étais parti ! Tu ne penses pas que j'ai le droit d'être en colère ?

Un muscle tressauta dans sa mâchoire carrée.

— Nous avions convenu qu'il n'y aurait que ce week-end.

— Peut-être, mais ce n'était pas une raison pour filer à l'anglaise en pleine nuit.

— Je n'ai pas filé à l'anglaise, rétorqua-t-il, les yeux étrécis. Et il était préférable que je parte comme je l'ai fait, pour toi comme pour moi.

Sa colère, qu'elle était parvenue à juguler, échappa de nouveau à son contrôle.

— Et en quoi cela était-il préférable pour moi ?

Elle avait presque crié. Il soupira, comme si elle était une enfant capricieuse qui mettait sa patience à rude épreuve.

— Ma vie est compliquée.

Il ne s'excusait pas. Il ne faisait qu'aligner des mots dénués de chaleur, qui n'expliquaient en rien son départ.

— Ce week-end était une aberration, reprit-il. Avec le recul, je sais que je n'aurais jamais dû avoir une relation avec une femme comme toi.

— Une femme comme moi ? répéta-t-elle avec une douceur trompeuse. Pourtant, tu n'as pas hésité à coucher avec une femme comme moi.

— Tu ne comprends pas ce que je veux dire, répliqua-t-il. Et c'est ma faute.

— Alors, qu'est-ce que tu veux dire ?

— Je t'ai désirée dès que je t'ai vue, Frankie, mais j'ai toujours su que notre histoire ne durerait que le temps de ce week-end. Je pense avoir été assez clair à ce sujet. Si tu attendais plus de moi, je te présente mes excuses.

Il esquissa un geste vers elle, mais se ravisa devant son mouvement de recul.

— On attend beaucoup de choses de moi, reprit-il. Tu n'es pas le genre de femme que je pourrais choisir comme épouse.

— Mais je ne voulais pas t'épouser ! bafouilla-t-elle. Je voulais seulement que l'homme auquel j'avais donné ma virginité ait la correction de me dire au revoir. Quand tu t'es éclipsé, as-tu seulement pensé à ce que j'allais ressentir ?

Elle eut la petite satisfaction de voir quelque chose qui ressemblait à du remords traverser son visage.

— Il fallait que je parte. Je suis désolé si je t'ai blessée...

— Blessée ?

Elle le fusilla du regard et secoua la tête. Il l'avait presque tuée, mais elle n'allait certainement pas le lui avouer.

— Ce qui me blesse, c'est ta stupidité et ton absence totale de décence.

Il rejeta la tête en arrière, comme si elle l'avait giflé.

— Tu étais mon premier amant, reprit-elle. Pour moi, faire l'amour avec toi était important. Et tu es parti.

— Qu'est-ce que tu aurais voulu que je fasse, Frankie ? Que je te prépare un petit déjeuner avant de t'annoncer que j'allais repartir pour Tolmirós et t'oublier ?

Elle posa sur lui un regard méprisant.

— Sauf que tu ne m'as pas oubliée, n'est-ce pas ?

Elle attendit sa réponse en retenant son souffle.

— Non, avoua-t-il enfin. Mais je suis parti parce qu'il le fallait, parce que je savais ce qu'on attendait de moi.

Il expira lentement, à deux reprises, et poursuivit :

— Je ne suis pas venu ici pour que nous nous disputions, Frankie. Je vais m'en aller.

Ces mots l'emplirent d'une colère sombre, parce qu'ils soulignaient l'ascendant que cet homme avait sur elle. C'était lui qui était venu jusqu'à elle, la forçant à le revoir, c'était lui qui l'avait touchée comme si le désir palpitait toujours entre eux. Toute cette rencontre s'était déroulée selon ses termes. Et maintenant, il pensait pouvoir partir quand cela l'arrangeait ? Eh bien, qu'il aille au diable. Il n'avait aucun droit sur elle !

— T'est-il jamais arrivé de penser aux conséquences de cette nuit, Matt ? As-tu seulement envisagé que je ne puisse peut-être pas tourner la page aussi facilement que toi ?

2

Pendant un bref instant, Matthias fut convaincu qu'il avait mal interprété les paroles de Frankie. Avec elle comme avec ses autres conquêtes, il n'avait pris aucun risque. Il haussa les épaules.

— Je savais qu'il n'y aurait aucune conséquence, et je pensais vraiment qu'une rupture franche serait mieux pour toi.

Et pour lui. Voilà pourquoi il n'avait jamais osé l'appeler pour lui dire qui il était et lui expliquer pourquoi il avait disparu de sa vie.

— Comment le savais-tu ? demanda-t-elle.

Il fronça imperceptiblement les sourcils.

— Est-ce que tu veux dire qu'il y a eu une conséquence ?

— Une conséquence ? répéta-t-elle.

Elle arqua un sourcil, mais ses doigts tremblaient.

— Finissons-en avec les euphémismes. Pose-moi franchement la question.

Jamais personne n'avait osé lui parler comme elle le faisait, ce qui était dangereux, parce que excitant. Tout son corps vibrait de l'envie de se quereller avec elle. Il se ressaisit toutefois.

— C'est toi qui insinues que la nuit que nous avons passée ensemble a engendré des complications.

— Ce que je dis, c'est que, si tu penses avoir pris toutes les mesures nécessaires pour me protéger des conséquences de cette nuit, tu te trompes.

Le monde se figea, le temps s'arrêta.

— Es-tu en train de me dire que tu es tombée enceinte ?

Pendant un moment, il imagina son enfant qui grandissait dans le ventre de cette femme et son torse se gonfla d'orgueil. Mais la douleur ne fut pas longue à frapper, parce que c'était impossible. De toute façon, il n'était pas encore prêt à accueillir dans ce monde un être fait de sa chair et de son sang, qui pourrait lui être arraché à tout instant.

— Nous avons fait attention. J'ai pris des précautions, comme je le fais toujours.

— Charmant ! lança-t-elle. Dis-m'en plus sur les autres femmes avec lesquelles tu as couché, s'il te plaît.

Il grinça des dents. Ce n'était pas ainsi qu'il avait voulu qu'elle interprète ses paroles. Il avait seulement voulu lui faire comprendre qu'il avait le sens des responsabilités.

— Qu'est-ce que tu racontes ?

Elle inspira profondément, comme pour se calmer.

— Très bien. Oui, je suis tombée enceinte.

Elle aurait aussi bien pu le frapper en plein ventre. Pour la première fois de sa vie, il resta sans voix.

— Quoi ? demanda-t-il enfin.

Frankie se massa les tempes du bout des doigts avant de poser sur lui des yeux vert océan emplis d'angoisse.

— Je l'ai découvert environ un mois plus tard.

L'univers de Matthias n'avait plus aucun sens.

— Tu étais enceinte ?

— C'est ce que je viens de dire.

Il ferma les yeux.

— Tu aurais dû me prévenir.

— J'ai essayé ! Mais tu étais littéralement introuvable.

— Personne n'est introuvable.

— Crois-moi, tu l'es. Je connaissais ton prénom, je savais que tu venais de Tolmirós, et rien de plus. L'hôtel a refusé de me donner la moindre information. J'aurais voulu te prévenir, mais je n'ai pas pu te retrouver.

Parce qu'il avait tout fait pour qu'il en soit ainsi, pour

que cette nuit n'entraîne aucune complication. Seulement, il n'avait pas prévu que Frankie parviendrait à se frayer un chemin jusqu'à son âme.

— Tu as donc pris seule une décision aussi grave ?

Il pensa à ce qu'il avait perdu, à ce que son royaume avait perdu, et la douleur le transperça.

— Une décision ? répéta-t-elle en pâlissant. Ce n'en était pas vraiment une.

— En avortant, tu m'as ôté toute chance de connaître mon enfant, dit-il d'une voix sourde.

Il avait l'impression qu'un étau se resserrait autour de sa poitrine.

— Qu'est-ce qui te fait penser que j'ai avorté ? demanda-t-elle avec un soupir.

Il la dévisagea sans répondre, et un souvenir remonta à la surface de sa mémoire. Un jour, alors qu'il avait neuf ans, il avait fait tout le tour du palais en courant, sans s'arrêter. Il avait gravi des escaliers quatre à quatre et longé d'étroits précipices avant de s'effondrer sur l'herbe, les poumons en feu. En cet instant, il avait été conscient de l'existence de chacune des cellules de son corps. Il ressentait exactement la même chose maintenant.

— Est-ce que tu veux dire...

Il chercha une explication, et n'en trouva qu'une.

— Tu n'as pas avorté ?

— Bien sûr que non.

La lumière se fit soudain dans son esprit, éclairant un petit souvenir auquel, sur le moment, il n'avait attaché aucune importance. Il tourna les talons, traversa les salles d'exposition pour retourner jusqu'à celle où se tenait Frankie quand il était arrivé, et regarda les toiles qui y étaient présentées. Il avait été tellement sidéré de la revoir qu'il n'y avait pas prêté attention. Mais maintenant qu'il contemplait ces dix toiles, qui représentaient toutes le même petit garçon, son sang se muait en lave.

Une fierté primitive s'ancra en lui, accompagnée d'une émotion qui fit hurler sa poitrine et enflamma son front. Ce petit visage lui était tellement familier.

Spiro.

Il était face à une version plus jeune de lui-même, mais aussi de son frère. C'étaient ces mêmes yeux, emplis de douleur et d'angoisse, qui avaient imploré son aide avant de se troubler et de s'éteindre, sous son regard impuissant.

Il baissa les yeux pendant quelques instants, et inspira profondément pour chasser l'impression familière de panique.

— C'est mon fils, dit-il enfin.

— Il a deux ans et demi, murmura Frankie d'une voix étranglée. Il s'appelle Leo.

Matthias ferma les yeux. Deux ans et demi... Spiro n'avait que neuf ans quand il était mort. Ses joues étaient encore aussi rondes que celles de ce petit garçon.

Mais il ne voulait pas se laisser engloutir par les souvenirs. Ce n'était qu'au cœur de la nuit, quand le temps semblait se glisser par-delà le voile des vivants, qu'il autorisait son esprit à se souvenir et son cœur à souffrir.

Alors, il examina attentivement chaque toile, l'une après l'autre. Sur plusieurs d'entre elles, Frankie avait saisi Leo – son fils – en train de jouer à jeter des feuilles en l'air. Grâce à son talent, elle avait figé sur la toile toute la vitalité et la gaieté du petit garçon.

Il y avait ensuite toute une série de portraits, aussi beaux les uns que les autres, mais ce fut le dernier qui le fascina.

Un sourcil haussé, un demi-sourire aux lèvres, le petit garçon posait sur lui un regard interrogateur. Ses yeux gris, comme la majeure partie de ses traits, lui venaient de Matthias. Mais c'était de Frankie qu'il tenait les taches de rousseur qui parsemaient son nez et cette expression de joie mêlée de défi.

Un tourbillon d'émotions menaça de le submerger. Son visage, qu'il tenait de son père, le roi Stavros, avait maintenant été transmis à son fils. Quelles autres caractéristiques avait-il léguées à ce petit être humain qui était fait de sa chair et de son sang ?

Sa chair et son sang ! L'héritier que son pays attendait, à tel point qu'il était prêt à se marier pour le lui donner... Il existait déjà, il avait deux ans, et Matthias ne savait rien de lui !

— Où est-il ?

Il la sentit se crisper. En cet instant, il sentait tout d'elle, comme si leurs corps étaient reliés par des fibres invisibles. Il se retourna et la transperça d'un regard aussi chatoyant que du métal en fusion.

— Où est-il ? répéta-t-il, en détachant chaque mot.

Il avança vers elle, poussé par les mythes avec lesquels il avait grandi. Son peuple nourrissait toutes sortes de croyances sur la puissance qui courait dans ses veines, et qui continuerait à courir dans celles de son fils. Mais ce n'était pas seulement la fierté de se découvrir un héritier qui le poussait : c'était le besoin primitif que peut éprouver un père de rencontrer son fils.

Quand il sentit l'inquiétude qui émanait de Frankie, il comprit que, même si elle était petite et mince, elle serait parfaitement capable de le tuer à mains nues, s'il menaçait la sécurité de leur enfant, de quelque façon que ce soit.

— Il n'est pas en ville, dit-elle évasivement.

Comme si elle avait peur, elle laissa glisser son regard vers l'endroit où devait se trouver le galeriste. Mais il ne lui voulait aucun mal, pas plus qu'à son enfant.

Faisant appel à toute sa discipline, il reprit le contrôle de ses émotions. En ce moment, parce qu'elles étaient inutiles, elles devaient être réprimées aussi fermement que le chagrin qu'il avait éprouvé quand sa famille avait été tuée.

Son monde venait d'être mis sens dessus dessous. Il fallait qu'il y mette bon ordre. C'était parce qu'il lui fallait un héritier qu'il s'apprêtait à se marier. Or, il avait déjà un héritier. Il n'avait plus qu'une option : ramener cet enfant chez lui, à Tolmirós... ainsi que sa mère, bien que les raisons pour lesquelles il l'avait quittée soient toujours valables.

— Je ne savais pas que tu étais enceinte.

— Comment aurais-tu pu le savoir ? J'imagine que tu es parti sitôt que je me suis endormie.

Elle se trompait. Il l'avait regardée dormir pendant un moment en pensant à son peuple qui attendait qu'il rentre à Tolmirós, revendique son titre et assume ses responsabilités. Frankie avait été le dernier plaisir qu'il s'était accordé avant d'affronter la vie que son destin lui ordonnait de mener.

Mais elle l'avait tellement troublé qu'il lui avait semblé plus sage de prendre la fuite. Puisqu'il lui avait dit qu'il n'était aux États-Unis que pour le week-end, elle ne pouvait pas lui reprocher d'avoir trahi sa promesse.

— Si tu m'avais laissé ton numéro, je t'aurais appelé. Mais tu as disparu sans laisser de trace. Même le détective que j'ai engagé n'a pas pu te retrouver.

— Tu as engagé un détective ?

L'aveu l'emplit de soulagement et de gratitude. Elle ne lui avait pas délibérément caché qu'ils avaient un fils. Elle avait voulu qu'il fasse partie de sa vie. Et s'il avait su que ce fils existait, il l'aurait épousée, même si elle ne correspondait pas à l'image que l'on se faisait d'une épouse royale. Ce qu'attendait le plus son peuple, c'était la venue d'un héritier.

Il n'y avait qu'une solution, et le plus tôt il amènerait Frankie à l'accepter, mieux ce serait.

— Oui, avoua-t-elle en détournant les yeux.

Elle déglutit avec effort. Quand il vit sa gorge palpiter, son ventre se noua. Il l'avait embrassée juste là, avait senti sous ses lèvres le battement affolé de son pouls…

— Je pensais qu'il fallait que tu sois au courant.

— Vraiment ?

En faisant appel au sens de la justice qu'il savait courir dans ses veines, il ajouta :

— Voudrais-tu dîner avec moi ?

Comme elle s'apprêtait à refuser, il précisa :

— Pour parler de notre fils. Il le faut.

Elle lui décocha un regard méfiant mais hocha sèchement la tête en pinçant ses jolies lèvres couleur cerise.

— D'accord. Mais je ne pourrai pas rester longtemps. J'ai dit à Becky que je serais rentrée à 21 heures.

— Becky ?

— Ma voisine. Elle garde Leo quand je travaille.

L'héritier du trône de Tolmirós était donc gardé par une femme insignifiante, dans la banlieue de New York.

— Comme tu voudras.

Le galeriste apparut soudain et les regarda tour à tour.

— Alors ? demanda-t-il. Ne pensez-vous pas qu'elle a du talent ?

— Un talent exceptionnel, convint-il.

Il l'avait toujours su.

— Je vais prendre toutes les toiles exposées sur ce mur.

Il tendit le bras vers la salle où étaient accrochés les portraits de son fils.

— Pardon ?

Frankie le regardait, abasourdie, mais il n'aurait su dire si elle était seulement surprise ou irritée. Il sortit une carte de son portefeuille et la tendit au galeriste.

— Appelez ce numéro. Mon valet prendra toutes les dispositions nécessaires en ce qui concerne le règlement et la livraison.

Sur ces mots, il posa une main au creux des reins de Frankie et la poussa vers la porte d'entrée.

La surprise devait lui avoir momentanément coupé la parole. Mais quand ils furent sur le trottoir, dans la brise tiède du soir, elle s'arrêta net et se tourna vers lui.

— Pourquoi as-tu fait ça ?

— Es-tu étonnée que je veuille avoir des portraits de mon fils ?

Elle tressaillit. Il comprenait cette réaction : elle devait encore se faire à l'idée qu'elle allait devoir partager son fils avec lui. En outre, il ne pouvait pas permettre que des portraits de son fils, de l'héritier de son trône, soient en vente dans une galerie new-yorkaise. Ce n'aurait pas été convenable.

— Non, reconnut-elle à contrecœur.

La tension émotionnelle à laquelle elle était soumise commençait à avoir raison d'elle. Sa détermination et sa méfiance s'épuisaient. Maintenant, seule la fatigue se lisait dans ses yeux.

— Viens.

Il la guida vers le SUV noir aux vitres teintées qui attendait devant la galerie. Zeno en descendit à leur approche et ouvrit les portières arrière en s'inclinant profondément.

S'il remarquait à peine ces marques de déférence, qui faisaient partie de son quotidien, Frankie sembla interloquée. Elle s'installa sur la banquette – son visage était presque aussi pâle que le cuir blanc.

— Est-ce que tu te rends compte que je ne connais même pas ton nom de famille ? dit-elle à mi-voix.

Cette remarque fit naître des douzaines de questions. Pour commencer, si elle avait connu son nom, l'aurait-elle donné à Leo ? La seule idée que son fils ait pu grandir sans porter le nom de Vasilliás l'emplissait de frustration.

Mais il ne pouvait pas parler de son héritier devant des serviteurs, même s'il avait une totale confiance en eux.

D'un geste, il lui intima le silence avant de s'asseoir auprès d'elle en repensant aux événements qui venaient de se produire et à leur impact sur le mariage qu'il était sur le point de contracter.

Bientôt, la voiture s'arrêta devant un monolithe d'acier, sur United Nations Plaza.

— Je pensais que nous allions dîner dans un restaurant, remarqua Frankie, intriguée.

Les seules paroles prononcées pendant le trajet l'avaient été par Matthias, qui s'était adressé à son chauffeur dans sa langue natale. Les inflexions rauques et profondes avaient fait resurgir en elle des sensations aussi intenses que malvenues.

— Un restaurant n'est pas assez intime.

— Il suffit de parler doucement, objecta-t-elle.

— Crois-moi, Frankie. C'est mieux.

Dans son regard intense, elle lut une supplique : il l'implorait d'être d'accord avec lui, au moins sur ce point. Mue par une rancune puérile, elle eut envie de refuser. Après tout, il s'était évaporé et était demeuré introuvable quand elle avait voulu lui annoncer qu'il était père. Et, aujourd'hui comme alors, tout devait se dérouler selon ses termes. Si elle réprima son envie de se rebeller, ce ne fut que pour Leo. Elle avait toujours souffert d'avoir été abandonnée par ses parents biologiques, et ne voulait surtout pas que Leo grandisse en pensant que son père ne l'avait pas désiré.

— D'accord, convint-elle. Mais je ne peux vraiment pas rester longtemps.

— Ce n'est pas le genre de conversation que l'on peut expédier en cinq minutes.

Quand ils furent descendus de voiture, Matthias la prit par le coude. Ils passèrent les portes coulissantes du bâtiment et se dirigèrent vers les ascenseurs, où un garde du corps les attendait.

Trois ans plus tôt, seul un chauffeur l'accompagnait. Elle avait compris à l'époque qu'il ne manquait pas d'argent, mais l'importance du personnel qui l'entourait maintenant indiquait qu'il était vraiment très riche.

Lorsque les portes de l'ascenseur se refermèrent sur eux, elle marmonna :

— Est-ce que tu as reçu des menaces de mort ?

Il se borna à lui jeter un regard où l'impatience se mêlait de nostalgie. Mais quand les portes de l'ascenseur s'ouvrirent de nouveau sur un hall spacieux, il leva la main pour arrêter le garde qui s'apprêtait à les suivre et lui dit quelques mots dans sa langue natale. Le garde s'inclina respectueusement et retourna dans l'ascenseur.

Elle frissonna à la pensée qu'elle allait être seule avec lui et, pour distraire son esprit, observa l'appartement terrasse. L'atmosphère de glamour créée par les parquets étincelants, les meubles design et les lustres en cristal était magnifiée par la vue qui s'offrait depuis les fenêtres. Tout Manhattan était à ses pieds – le Chrysler Building, l'Empire State Building, Central Park. De grandes portes vitrées coulissantes s'ouvraient sur une terrasse agrémentée d'une piscine. Y nager devait donner l'impression que l'on flottait au-dessus de la ville.

Le contraste entre cette suite au luxe insensé et son modeste appartement du Queens était tellement grand que c'en était ridicule.

Elle se tourna vers lui, sans même savoir ce qu'elle voulait lui dire.

— Matt, soupira-t-elle.

Il la dévisagea et dit, doucement :

— Mon nom est Matthias Vasilliás.

Et il lui allait comme un gant. *Matt* était trop banal pour un homme aussi exotique, aussi singulier que lui.

— Très bien, dit-elle avec un soupçon de dédain.

Une lueur indéchiffrable traversa son regard.

— Tu n'as jamais entendu parler de moi ?

Une sonnette d'alarme se déclencha dans son esprit.

— Non. Est-ce que je devrais ?

— Pas du tout, répondit-il avec un sourire sarcastique.

Comme il semblait plus critique que vexé, elle se cabra aussitôt.

— Alors, pourquoi es-tu entouré de toute cette sécurité ?

Avec un soupir, il haussa les épaules.

— Ce n'est qu'un dispositif réduit. Chez moi, il y a beaucoup plus de gardes.

— Mais pourquoi ? Est-ce que tu es une célébrité ?

— En quelque sorte.

Il passa dans la cuisine et attrapa une bouteille de vin. Le ventre de Frankie se noua : cette nuit-là, il lui avait fait boire le meilleur vin qu'elle ait jamais goûté. Il revint vers elle et lui tendit un verre, qu'elle prit par pur réflexe.

— Que se passe-t-il, Matt... Matthias ?

Comme il plissait les yeux, elle se demanda s'il était aussi étrange pour lui de l'entendre dire son prénom que pour elle de le prononcer. Matt lui allait bien, mais Matthias lui allait tellement mieux... Elle aimait le goût de ces syllabes exotiques sur le bout de sa langue.

— Ma famille a été tuée dans un accident de voiture il y a des années. J'avais quinze ans.

Il avait parlé d'un ton parfaitement neutre, sans rien laisser paraître du choc provoqué par ces morts. Mais Frankie ressentit aussitôt une immense compassion pour lui, et s'en voulut. Elle ne devait rien ressentir pour cet homme.

— Je suis désolée, murmura-t-elle.

Il la remercia d'un vague sourire.

— C'était il y a longtemps.

— Je suis sûre que tu en souffres encore.

— J'ai pris l'habitude d'être seul, répondit-il, balayant sa sollicitude. La plupart des responsabilités de mon père ont été reprises par son frère. À quinze ans, j'étais trop jeune.

— Quelles responsabilités ? demanda-t-elle.

Ignorant la question, il poursuivit :

— Mais il a été décidé que, quand j'atteindrais trente ans, j'assumerais mon rôle. Je t'ai rencontrée une semaine avant mes trente ans. J'étais venu passer le week-end à New York. C'était la dernière fois que je pouvais voyager normalement, sans tout ce... cette compagnie.

— Que faisaient tes parents ?

Mais ceci n'était pas une conversation faite de questions et de réponses. C'était un monologue. Comme s'il se déchargeait d'un poids, Matthias lui fournissait une explication qu'elle avait attendue tellement longtemps que cela lui était maintenant égal de l'avoir ou non.

— Je n'aurais jamais dû passer la nuit avec toi, mais tu étais tellement... Je ne peux pas l'expliquer. Dès que je t'ai vue, je t'ai désirée.

Sous l'éclat métallique de son regard, le cœur de Frankie se glaça. Il l'avait désirée, et il l'avait eue. Tout simplement.

— Je savais que cette aventure serait sans lendemain, reprit-il.

Sa gorge se serra à ces mots, qui réduisaient ce qu'ils avaient partagé à un jeu de séduction particulièrement cynique.

— Mais tu as quand même couché avec moi, remarqua-t-elle. Est-ce que tu as pensé à ce que je ressentirais ?

— Non, répondit-il en fermant les yeux. Je me suis dit que tu cherchais la même chose que moi : un week-end de plaisir, de sexe facile, fortuit.

— Parler de sexe fortuit est un oxymore, dit-elle avec raideur.

— Si j'avais su que tu étais vierge...

— Je n'ai pas cherché à te mentir, marmonna-t-elle. Mais je n'ai pas pu résister à ce que je ressentais.

— Quoi qu'il en soit, cette histoire appartient au passé. Je veux parler de notre avenir.

Ils y étaient. Ils allaient aborder le sujet qu'elle redoutait le plus : la garde de Leo. Alors que les mois se succédaient et qu'elle s'installait de plus en plus fermement dans son statut de mère célibataire, elle s'était faite à l'idée que cette discussion n'aurait jamais lieu. Mais maintenant qu'elle se tenait face au père de Leo, elle ne voyait pas l'intérêt de lui refuser le droit de faire partie de sa vie. Même s'il l'avait blessée en lui avouant qu'il n'avait attendu d'elle qu'un week-end de sexe fortuit.

— Après t'avoir quittée, je suis rentré à Tolmirós pour occuper la position qui me revenait de par ma naissance.

Elle fronça les sourcils.

— Dans quel genre d'affaires était donc ta famille ?

Il se fendit d'un sourire qui avait tout d'une grimace.

— Ce ne sont pas des affaires, Frankie. Mon nom est Matthias Vasilliás et je suis le roi de Tolmirós.

3

— Pardon, dit Frankie en clignant lentement des yeux. J'ai cru que tu avais dit…

Elle partit d'un petit rire incrédule.

— Est-ce que c'est une blague ?

Mais elle posait un regard neuf sur le luxe qui les entourait. Seule une personne jouissant d'une position unique pouvait se permettre ce genre de résidence. Et il n'y avait pas que cet appartement… Maintenant qu'elle savait, elle voyait *tout* à travers le prisme de ses paroles. Son ventre se noua, ses genoux se mirent à trembler. Tout prenait sens.

À l'époque déjà, il était différent de toutes les personnes qu'elle avait jamais rencontrées. Il lui avait parlé de mythes anciens, tissé une toile de magie autour de son âme…

Oui, il était unique.

— Ce n'est pas une blague. En passant ce week-end avec toi, je voulais oublier que ma vie allait changer du tout au tout. Mais comme je ne suis pas du genre à fuir, je suis rentré dans mon pays pour assumer ma responsabilité de dirigeant.

Un roi… Oh ! mon Dieu. Elle s'écroula sur le canapé et but une gorgée de vin comme elle se serait accrochée à une bouée de sauvetage.

— Notre fils est mon héritier, reprit-il en s'approchant d'elle. C'est un prince, Frankie.

— Mais… Il n'est pas… Nous n'étions pas mariés, répliqua-t-elle désespérément. Il ne peut pas être ton héritier.

— Ça complique les choses, concéda-t-il. Mais il n'en est pas moins l'avenir de mon peuple. Est-ce que tu te souviens du mythe d'Elektus ?

Elle frissonna. Chacune des paroles qu'il avait prononcées cette nuit-là était restée gravée dans sa mémoire.

— Non, mentit-elle en détournant les yeux.

— Ma famille règne sur Tolmirós depuis plus d'un millénaire. Si les pays voisins ont été affaiblis par les guerres et les famines, Tolmirós a toujours connu la prospérité. Selon ce mythe, c'est ma lignée qui est à l'origine de la richesse de mon pays. Le destin de Leo est donc de régner sur Tolmirós.

Une fois encore, elle fut envoûtée par la magie de ses paroles. Et son fils, qui avait quelque chose de royal malgré son jeune âge, lui sembla s'éloigner d'elle quand elle le vit comme un élément de la structure de ce pays lointain.

Mais Leo n'était pas seulement l'héritier du trône de Tolmirós : il était son fils. Il avait grandi dans son ventre. Elle l'avait soigné et aidé à faire ses premiers pas. Elle jouait avec lui, lui lisait une histoire chaque soir et le rassurait quand il était en proie à des terreurs nocturnes.

— Il doit rentrer chez lui, Frankie. Il est l'avenir de mon peuple.

Elle ferma les yeux pendant un instant, accablée, avant de se tourner vers lui pour lancer :

— Tu parles comme un roi, non comme un père. Leo a deux ans et demi et tout ce que tu sais dire, c'est qu'il est destiné à diriger un pays dont il n'a jamais entendu parler ! Tu ne m'as pas posé une seule question sur lui.

— Tu penses que je ne brûle pas d'envie de tout savoir sur mon fils ? rétorqua-t-il, les yeux étincelants. Tu penses que je ne suis pas impatient de le regarder et de le serrer dans mes bras ? Bien sûr que si. Mais d'abord, je dois m'assurer que tu comprends bien ce qui va se passer. Nous devons agir rapidement pour éviter que la situation ne nous échappe.

— Quelle situation ?

Il souffla avec impatience.

— Notre mariage.

— *Notre mariage ?* répéta-t-elle. Je ne vais pas t'épouser !

— Avec tout le respect que je te dois, Frankie, cette décision a cessé de t'appartenir à l'instant où tu as conçu Leo.

— Ce n'est pas ainsi que je vois les choses.

— En ce cas, je vais être clair : il est hors de question que je n'élève pas mon fils.

— Très bien. Tu peux être son père. Il peut même être l'héritier de ton fichu trône…

Le visage de Matthias s'assombrit, pourtant elle poursuivit :

— Mais ne va pas croire que tu peux te pointer au bout de trois ans et régenter nos vies. Comme tu l'as dit toi-même, ce qu'il y a eu entre nous n'était qu'une aventure sans lendemain. Et franchement, je regrette de t'avoir rencontré.

— Peut-être, mais tu m'as rencontré et nous avons un fils, trancha Matthias. Nous devons nous marier, Frankie. Tu sais bien que c'est la seule solution.

Ses paroles semblaient tellement irrévocables qu'elle fut gagnée par la peur.

— Non.

— Non ? répéta-t-il avec un rire incrédule. Tu ne peux pas me dire « non ».

— Parce que tu es un roi ?

— Parce que je suis son père, rétorqua-t-il. Et je suis prêt à me battre contre toi pour le ramener chez lui.

— Il *est* chez lui !

— Il est l'héritier de Tolmirós, et sa place est au palais.

— Avec toi ?

— Et avec toi. Je ne te demande pas de l'abandonner, mais de devenir mon épouse. Si tu ne veux pas vivre avec moi, tu pourras t'installer dans un autre palais. Ta vie sera bien plus agréable qu'ici.

— Comment peux-tu dire ça ? Je serai mariée avec toi !

— Et ?

— Et je te connais à peine !

Son corps s'éleva aussitôt contre cette affirmation, parce qu'il connaissait bien celui de Matthias. Tellement bien. Elle pouvait encore voir son torse musclé, sa peau basanée, ses larges épaules... Et une sensation de moiteur naquit dans son ventre quand, surgi de nulle part, lui revint le souvenir de la passion avec laquelle il l'avait possédée.

Il haussa les épaules.

— Nous apprendrons à nous connaître suffisamment pour diriger mon pays et veiller sur notre famille.

Les images qu'évoquaient ses paroles la troublèrent. Mais un détail la taraudait.

— Attends un peu... Tu m'as dit que tu allais te marier. Que va dire ta fiancée ?

— Elle n'existe pas. Je ne l'ai pas encore sélectionnée.

Elle avait l'impression que sa tête allait exploser.

— Sélectionnée ? On ne choisit pas sa future épouse comme on tire une carte au hasard !

— Le processus ne doit rien au hasard, rectifia-t-il. Elle sera choisie en fonction de son aptitude à être reine.

— En ce cas, rentre dans ton fichu pays et épouse l'une des candidates au titre !

Le regard ardent qu'il posa sur elle la fit frissonner.

— Réfléchis un peu, dit-il enfin. Même si j'épouse une autre femme, Leo sera toujours mon fils, et il deviendra celui de mon épouse. Je me battrai pour obtenir sa garde et crois-moi, Frankie : je gagnerai.

Un frisson la parcourut, parce qu'il disait vrai. Elle le savait.

— Je gagnerai, et je l'élèverai, reprit-il. Ne préfères-tu pas m'épouser que livrer une bataille perdue d'avance ?

— Ce que je préférerais, ce serait que tu repartes tout de suite.

Il partit d'un petit rire dénué d'humour.

— Ce que nous préférons n'entre pas en ligne de compte. Je dois ramener mon héritier dans son pays, et c'est tout.

Elle essayait désespérément de trouver une alternative.

— Mais le mariage est tellement...

— Oui ?

— C'est tellement... Non, c'est impossible.

Elle fit volte-face et le regarda, le cœur battant la chamade. Elle ne pouvait pas épouser cet homme. Le désir qu'il lui inspirait, et qui aurait pu se muer en amour, avec le temps, s'était transformé en ressentiment.

— Et pourquoi donc ? Les gens le font tout le temps.

Il traversa la pièce et remplit deux verres de scotch. Bien que le vin lui brouille déjà les idées, elle prit machinalement celui qu'il lui tendait.

— Qu'est-ce qu'ils font tout le temps ?

— Ils se marient parce que c'est le plus raisonnable.

Un bruit étranglé lui échappa, un son né des émotions qui se pressaient au plus profond de sa gorge.

— Les gens se marient parce qu'ils s'aiment, rétorqua-t-elle avec ardeur. Parce qu'ils ont rencontré la seule personne sur terre sans laquelle ils ne peuvent pas vivre.

Le beau visage de Matthias se figea en une expression sévère et ses yeux devinrent aussi noirs que du charbon.

— Chimères. Ce n'est pas ce que je te propose.

Elle ignora l'étrange douleur qui palpitait dans la région de son cœur.

— Ce n'est pas ce que j'attends de toi, de toute façon. Je t'explique seulement que le mariage a un sens.

Il fit un pas vers elle. Son regard était tellement magnétique qu'elle avait du mal à garder sa lucidité.

— Pourquoi ne pourrait-on pas se marier parce que c'est le plus raisonnable ?

Elle secoua la tête pour éclaircir ses idées.

— Le plus raisonnable serait de trouver un arrangement.

Elle souffrait à la pensée de devoir partager Leo, mais le bonheur de son fils passait avant tout le reste.

— Tu es son père, et j'ai toujours souhaité que tu fasses partie de sa vie. Nous viendrons te rendre visite à Tolmirós.

Avec le temps, peut-être que Leo choisira de passer plus de temps là-bas, avec toi. Et tu pourras le voir à chaque fois que tu viendras à New York. Rien ne nous oblige à nous marier.

— Et moi, je dis qu'il le faut. Et dans un mois, au plus tard.

— Dans un mois ? répéta-t-elle, gagnée par la panique.

— Oui. Il faut faire vite. Tu as beaucoup à apprendre sur les coutumes de mon peuple, et Leo aussi.

— Une minute...

Elle leva la main, comme si ce geste pouvait suffire à mettre un terme à cette conversation ridicule.

— Tu parles comme si l'affaire était réglée, alors que je viens de refuser ta proposition. Tu ne peux pas me forcer la main.

— C'est ce que tu penses ?

— Absolument. À moins que tu me juges incapable de prendre seule une décision.

— Je pense que tu en es parfaitement capable, au contraire, et c'est pour cela que je m'attends à ce que tu prennes la bonne. Je ne quitterai pas ce pays sans mon fils. Il vaut mieux que tu m'accompagnes en qualité de fiancée.

Elle inspira vivement quand le sous-entendu lui apparut.

— Tu menaces vraiment de me le prendre ?

— Non, je te demande de m'épouser.

Elle baissa les paupières.

— Dis plutôt que tu me l'ordonnes.

Quand elle rouvrit les yeux, elle s'aperçut qu'il s'était approché d'elle. Presque gentiment, comme s'il comprenait sa peur et cherchait à l'atténuer.

— Je te demande de suivre la voix de la raison, et de ne pas me forcer à te combattre pour la garde de notre enfant.

La peur lui transperça la poitrine parce qu'elle savait qu'il n'hésiterait pas à mettre sa menace à exécution. Elle n'avait pas assez d'argent pour engager un avocat qui soit de taille à le contrer. Et d'ailleurs, peut-être que son statut de roi lui permettrait de se passer d'une décision de justice.

— Tu es une belle ordure, dit-elle.

Elle recula d'un pas, et regretta son geste quand son dos heurta la fenêtre.

— Je suis seulement le père d'un petit garçon de deux ans, dont je ne soupçonnais même pas l'existence il y a trois heures. Je veux l'élever. Est-ce que c'est tellement insensé ?

— De l'élever ? Non. De m'épouser ? Oui.

— J'en ai aussi peu envie que toi, Frankie.

Il soupira et secoua la tête avant de rectifier :

— Non, ce n'est pas entièrement vrai. Je te désire toujours. Si je suis venu à la galerie, c'est parce que j'avais envie de faire l'amour avec toi encore une fois.

Elle se mordit la langue pour retenir une insulte.

— Comment oses-tu ? lança-t-elle d'une voix que l'indignation étranglait. Tu couches avec moi, tu disparais, et tu penses qu'il te suffit de réapparaître trois ans plus tard pour que je tombe à tes pieds ?

— C'est déjà arrivé une fois, remarqua-t-il.

Son arrogance était telle qu'elle eut envie de le gifler.

— Je ne te connaissais pas, à cette époque.

— Et tu ne me connais pas plus maintenant, commenta-t-il en se rapprochant.

Une telle fermeté émanait de ses paroles que Frankie eut l'impression qu'il lui jetait un sort. Son pouls s'affola, ses joues s'enflammèrent, mais elle ne voulait pas qu'il voie avec quelle facilité il la troublait.

— Par exemple, reprit-il, tu ne sais pas que j'ai l'habitude d'obtenir tout ce que je veux, parce que j'ai la puissance de dix armées derrière moi, la richesse d'une nation à mes pieds, et le cœur d'un guerrier.

Il posa une main sur sa joue. Son regard retenait le sien, et semblait la river à la fenêtre.

— Tu crois que je ne sais pas que tu obtiens tout ce que tu veux ? répliqua-t-elle d'une voix teintée de sarcasme. Tu m'as voulue, tu m'as eue... et regarde où nous en sommes.

Elle regretta aussitôt ces paroles, qui firent resurgir des

souvenirs des moments délicieusement sensuels qu'ils avaient passés ensemble. Elle eut soudain envie de se mettre sur la pointe des pieds et de mordiller le lobe de l'oreille de Matthias avant d'embrasser sa joue ombrée d'une barbe naissante, puis ses lèvres sensuelles – ses lèvres parfaites.

— Tu ne fréquentes personne.

Ce n'était pas une question. Il était tellement sûr de lui que c'en était insultant.

— Qu'est-ce qui te fait dire ça ? demanda-t-elle d'une voix un peu moins assurée.

Son regard fut traversé par une lueur énigmatique, chargée de désir et de promesses. Le cœur de Frankie s'arrêta.

— Tes réactions ne sont pas celles d'une femme qui aime un autre homme.

Elle inspira, mais l'air n'atteignit pas ses poumons.

— Qu'est-ce que tu essaies de me dire ?

— Je vois dans tes yeux que tu as faim de ce que nous avons partagé, répondit-il avec un sourire sarcastique. Et tu trembles parce que je suis près de toi.

Il posa le bout de ses doigts à la base de son cou, juste sur sa carotide, et elle maudit la réaction traîtresse de son corps.

— Tu ne veux pas m'épouser, Frankie, mais tu veux faire de nouveau l'amour avec moi.

Oh mon Dieu... C'était vrai, mais c'était mal ! Il était hors de question qu'elle laisse son instinct animal prendre le pas sur son esprit, et qu'elle tombe de nouveau sous l'emprise de son magnétisme. Sauf qu'elle était déjà attirée par la véritable toile d'araignée qu'il tissait autour d'elle...

— Non, répliqua-t-elle en faisant un pas de côté.

Elle fut fière de pouvoir le repousser aussi facilement. Si seulement ses genoux n'avaient pas tremblé, si ses tétons n'avaient pas palpité aussi douloureusement contre la dentelle de son soutien-gorge...

— Et ce n'est pas parce que je suis célibataire que cette idée stupide me tente. Je ne t'épouserai pas.

Il se détourna d'elle et se mit à arpenter la pièce, telle une bête sauvage et puissante qui guette sa proie. Elle le suivit des yeux en frissonnant.

— Nous n'avons pas le choix, dit-il enfin.

Il s'arrêta devant la baie vitrée et contempla la ville étincelante. Quand il parla, ce fut d'une voix sombre, qui emplit Frankie de désespoir.

— Je n'ai pas le choix, reprit-il. L'avenir de mon pays repose sur les épaules de mon fils. Je dois le ramener chez lui. Pour mon peuple.

Il se passa une main dans les cheveux et se tourna vers elle. Son visage était grave, son expression sincère.

— Et toi, Frankie, tu dois l'accepter, pour le bien de Leo. Tu veux l'élever avec moi, n'est-ce pas ?

Son cœur se serra parce qu'il avait vu juste.

— Je veux que mon fils soit heureux et équilibré, répondit-elle. Qu'il ait deux parents qui l'aiment. Ce n'est pas pour autant que nous devons nous marier…

Il l'interrompit d'une voix douce mais ferme.

— Pendant le week-end que nous avons passé ensemble, tu m'as parlé de ton enfance. Tu m'as parlé des randonnées, des jeux de société, de tout ce que vous faisiez ensemble. Tu m'as dit que tu aurais aimé avoir une sœur ou un frère, et que ta famille était tout pour toi. Es-tu prête à priver ton fils de ce bonheur ?

Elle le dévisagea, atterrée. Qu'il soit maudit… Il disait vrai. C'était effectivement ce qu'elle avait toujours ressenti, depuis le jour où elle avait compris que l'adoption allait souvent de pair avec l'abandon : si deux parents avaient choisi de l'élever, deux autres avaient choisi de l'abandonner.

Cet abandon avait modelé sa vision des choses. Elle avait toujours remercié le ciel pour chacun des moments passés avec ses parents adoptifs, parce qu'elle n'avait jamais cessé de craindre qu'ils reprennent l'amour qu'ils lui avaient donné.

Elle baissa les paupières et laissa échapper un petit

gémissement étranglé. Matthias la dévisagea, comprit qu'elle était près de capituler, et accentua son avantage.

— Épouse-moi. Pour le bien de notre fils.

Une fois encore, il en appelait à son bon sens – mais cette fois, elle était d'accord avec lui. Soudain elle sut qu'elle allait accepter sa proposition, parce qu'elle le devait. Mais elle n'était pas encore prête à le lui montrer.

Elle ouvrit les yeux et le dévisagea avec un mélange de confusion et d'incertitude.

— C'est impossible, chuchota-t-elle. Même si tu étais un homme comme les autres, t'épouser serait... ridicule. Mais tu es roi et je ne veux pas... Je ne peux pas...

— Tu seras avant tout mon épouse et la mère de mes enfants. Les obligations auxquelles tu devras te plier en tant que reine ne seront pas bien contraignantes. Et de toute façon, je pense que tu te sous-estimes.

Mais l'esprit de Frankie s'était arrêté sur un mot.

— Tes enfants ? Au pluriel ?

— Bien sûr. Il nous en faut d'autres.

Le visage de Matthias reflétait une profonde angoisse. Mais comment aurait-elle pu envisager d'avoir d'autres enfants avec lui ?

— Je ne veux pas.

— Tu n'aimes pas être mère ?

— Bien sûr que si, répondit-elle. J'aime Leo, et j'aurais volontiers trois ou quatre enfants de plus. Mais pour te donner d'autres *héritiers*, il faudrait que je... que nous...

— Oui ? dit-il lentement.

Elle eut la nette impression qu'il s'amusait de sa gêne.

— Oh ! ça suffit ! lança-t-elle en se massant les tempes.

— Nous allons nous marier, dit-il. Il faudra bien que nous abordions le sujet du sexe.

Elle était furieuse de le voir aussi calme malgré le tour intime qu'avait pris la conversation, et vexée qu'il semble aussi certain qu'elle allait accepter.

— Si je t'épousais, répliqua-t-elle, le sexe ne ferait pas partie de notre arrangement.

Il éclata de rire.

— Oh ! vraiment ?

— Oui, vraiment. Et ne ris pas comme si j'avais dit une énormité ! Le sexe devrait avoir un sens, tout comme le mariage.

— Tu es bien naïve, répondit-il en secouant la tête. Le sexe est une fonction biologique, l'union de deux corps qui cherchent à atteindre le plaisir. Quant au mariage... Même ceux qui emploient de grands mots comme « âmes sœurs » et « amour » savent de quoi il s'agit en réalité.

— Et de quoi s'agit-il ?

— D'une alliance, d'un arrangement qui profite aux deux époux. Ils y trouvent une compagnie, et du sexe.

Ses joues s'enflammèrent.

— Comment peux-tu être aussi cynique ?

— Je suis surtout réaliste, répondit-il avec désinvolture. Un jour, Frankie, tu grandiras et tu verras les choses comme elles sont vraiment.

— J'espère que non.

— Allons... Ne sois pas aussi amère.

Il traversa la pièce pour venir jusqu'à elle. Quand il planta son regard dans le sien, elle eut l'impression que le temps se figeait. Elle dévora son visage des yeux, le cœur battant la chamade, la bouche sèche.

— Tu trouveras certains avantages à être mon épouse.

— Tu te trompes, rétorqua-t-elle.

Il partit d'un rire cassant.

— En matière de femmes et de sexe, Frankie, je ne me trompe jamais.

Et il inclina brusquement la tête pour s'emparer de sa bouche.

Aussitôt, son cœur se mit à tambouriner et des étincelles crépitèrent en elle. Son esprit voulait le repousser, mais toutes les fibres de son corps voulaient lui céder. Elle empoigna sa chemise des deux mains et fut aussitôt assaillie par les souvenirs – sa chaleur, son odeur, la puissance de son corps, son essence même. Elle poussa un gémissement sourd quand il plaqua une main sur ses fesses pour l'attirer tout contre lui et la presser contre sa chair durcie, jusqu'à ce qu'elle rejette la tête en arrière pour qu'il puisse l'embrasser tout à son aise.

Par ce seul baiser, il la domina totalement, lui démontra qu'il pouvait faire voler ses objections en éclats, lui ôter toute volonté et l'amener à une totale capitulation.

Et en cet instant, cela lui était parfaitement égal.

Quand il s'écarta d'elle, il respirait avec force.

— Je ne veux pas te rendre la vie désagréable, Frankie. Le jour, tu t'apercevras à peine que j'existe.

Encore frissonnante de désir, elle demanda faiblement :

— Et la nuit ?

— La nuit, promit-il en caressant sa joue du pouce, tu ne pourras pas exister sans moi.

Matthias contemplait son fils. Dans son torse, son cœur cognait aussi violemment que s'il avait été une enclume. Le petit garçon était vraiment le portrait craché de Spiro.

— Bonjour, dit-il en s'accroupissant. Tu dois être Leo.

— Oui. Je suis Leo, répondit le petit garçon en hochant pensivement la tête.

Mais Matthias était incapable de sourire. Il ne ressentait que de la douleur, comme si de l'acide dévorait ses veines. Il avait raté tellement d'années de la vie de ce garçon, en savait si peu sur lui...

Il se leva et lança à Frankie un regard chargé de fureur. La veille, il avait eu envie de lui faire l'amour jusqu'à ce qu'elle en perde la tête. Mais maintenant, il ne ressentait plus que de la rage, parce qu'elle avait profité de son fils alors qu'il ignorait jusqu'à son existence.

— Viens, Leo, dit-il.

Si sa voix était douce, son regard trahissait parfaitement son humeur.

— On va partir pour une aventure. Ensemble.

4

Si l'estomac de Frankie se retourna quand l'avion entama sa descente au-dessus de la Méditerranée, ce fut moins à cause de la manœuvre du jet privé que de l'homme assis face à elle. Même dans le luxe de cet avion, parmi les meubles tendus de cuir blanc, les lustres et les serviteurs en uniforme blanc et or, Matthias en imposait toujours autant.

Il était intimidant. Majestueux. Royal.

Et il allait devenir son mari.

Elle repensa au baiser qui l'avait mise dos au mur, tant au sens propre qu'au sens figuré, et sa température bondit alors que le souvenir de plaisirs partagés croissait en elle.

Elle se tourna vers le hublot. Des douzaines de petites îles, cernées d'un anneau d'eau turquoise et d'une frange de sable blanc, parsemaient la mer d'un bleu profond.

— Voilà Tolmirós, dit simplement Matthias.

C'étaient les premiers mots qu'il lui adressait de tout le voyage, mais Frankie avait à peine remarqué son silence. Elle avait été bien trop occupée à se demander comment elle avait pu accepter de devenir l'épouse de cet homme, et de le suivre jusqu'à son royaume !

— Laquelle est-ce ?

Il la dévisagea pensivement, et son cœur battit un peu plus vite.

— Toutes, répondit-il enfin. Tolmirós compte quarante-deux

îles. Certaines sont grandes, d'autres plus petites… comme Epikanas.

Il se pencha vers elle pour tendre le bras vers l'île, et elle dut surmonter son trouble. Quand il l'avait embrassée, elle avait eu l'impression que plus rien n'avait d'importance. Ni le passé ni l'avenir… Rien.

— Epikanas, répéta-t-elle.

— Bien, dit-il avec un sourire qui la réchauffa tout entière. Tu l'as prononcé à la perfection.

Il se renfonça dans son siège et elle essaya de se convaincre qu'elle était heureuse.

— Epikanas est la principale île du pays, reprit-il, où se trouvent la ville la plus importante et le plus grand quartier d'affaires. C'est là que nous vivrons, la plupart du temps.

Elle hocha distraitement la tête et se tourna vers lui, mais le regretta aussitôt en voyant le regard intense qu'il posait sur elle. Alors, elle se tourna vers le siège qui avait été incliné au maximum et sur lequel Leo dormait à poings fermés.

Son cœur se serra parce qu'elle savait qu'elle se sacrifiait pour le bien de son fils, pour qu'il connaisse la sécurité d'une famille. Elle ferma les yeux, et le seul souvenir qu'elle gardait de sa mère biologique remonta à la surface de sa mémoire. Un fauteuil jaune fané, des rideaux qui ondulaient dans la brise… Sa mère l'avait prise dans ses bras pour la serrer contre elle. Elle sentait le citron et le savon.

L'image s'enfuit aussitôt, comme les parents qui n'avaient pas voulu d'elle, et un surcroît de détermination la gagna.

Contrairement à elle, jamais Leo ne connaîtrait la douleur d'avoir été rejeté. Elle redressa le menton, les yeux étincelants. Pour l'amour de son fils, elle était prête à tout.

Comme s'il avait suivi le cours de ses pensées, Matthias reprit :

— Maintenant, nous survolons Port Kalamathi. L'île a longtemps abrité l'une de nos plus importantes bases navales.

Aujourd'hui, on y trouve la meilleure école de Tolmirós. C'est là qu'ira Leo, quand il sera assez grand.

L'île lui apparut comme un tourbillon de vert et de turquoise. Elle distingua des bâtiments anciens, des jardins et des pelouses. C'était sans doute un lieu parfait pour une école, mais l'île n'était-elle pas trop éloignée du palais ?

Elle se mordilla la lèvre. Leur fils n'avait que deux ans. Ils aborderaient ce sujet le moment venu. Elle avait des préoccupations plus immédiates.

— Que va-t-il se passer maintenant ? demanda-t-elle en se renfonçant dans son siège.

Elle posa ses mains entrelacées sur ses genoux, dans l'espoir de sembler calme et sûre d'elle. Matthias hocha la tête, comme soulagé de la voir prête à avoir une conversation rationnelle.

— Mon service de sécurité tient la presse à distance de l'aéroport. D'habitude, les photographes m'attendent toujours à ma descente d'avion.

— Mais pas aujourd'hui ?

Il la regarda droit dans les yeux, et sa bouche se fit plus sèche que le désert de l'Arizona.

— Non. Aujourd'hui, il n'y aura que mes chauffeurs et mon service de sécurité.

— Est-ce que ton service de sécurité t'accompagne souvent ?

— Toujours, concéda-t-il.

— Il y a trois ans, ce n'était pas le cas.

— Il y a trois ans, je n'étais encore qu'un prince, lui rappela-t-il avec un soupçon d'autodérision. Un jeune homme qui fuyait son destin.

Elle le regarda pensivement.

— Tu m'as bien dit que ton oncle était roi jusqu'à ce que tu aies trente ans ?

— Pas roi, non, rectifia-t-il en secouant la tête. Il était *prosorinós*. Une sorte d'intérimaire du trône.

— Et si tu étais mort, toi aussi ? demanda-t-elle.

Elle se rendit aussitôt compte de l'énormité de la question

et son visage s'empourpra. Mais Matthias, sans se formaliser, réfléchit longuement avant de répondre :

— En ce cas, oui, mon oncle aurait été roi.

Elle inclina la tête de côté.

— Je suis certaine d'avoir déjà lu ou entendu que le tuteur légal d'un héritier ne peut pas assumer son titre, de peur qu'il commette un crime pour servir ses intérêts personnels.

— C'est vrai. Cette loi s'applique également à Tolmirós. Mais mon oncle n'était pas mon tuteur légal. Pour tout dire, il m'était interdit de le voir plus d'une ou deux fois par an.

— Mais tu n'avais pas d'autre famille ? Pas de cousins ? De tante ?

— Non. Il ne s'est jamais marié.

— Et tu ne le voyais jamais ? insista-t-elle.

Il haussa les épaules, comme si c'était sans importance.

— C'était ainsi que cela devait être.

Elle était horrifiée.

— Alors, qui t'a élevé ?

— J'avais quinze ans quand ma famille est morte, dit-il avec une ombre de dédain. J'avais déjà été « élevé ».

— À quinze ans, tu n'étais pas encore un adulte.

Son cœur souffrait pour l'adolescent qu'il avait été.

— J'allais à l'école, à Port Kalamathi, dit-il en se tournant vers le hublot. J'y suis retourné, et j'y suis resté jusqu'à mes dix-huit ans, en internat.

— Et après ?

Elle aurait aimé ne pas être aussi curieuse, mais elle voulait tant le comprendre...

— Je suis entré dans l'armée.

Elle n'en fut pas étonnée. Dès leur première rencontre, elle avait senti qu'il était une sorte de guerrier des temps modernes, comme un héros troyen revenu à la vie.

— Est-ce que ça te plaisait ?

— Oui, répondit-il après quelques instants.

— Comment est-ce possible ?

Il se fendit d'un sourire un peu crispé.

— Bien que Tolmirós soit une nation pacifique, notre formation militaire est la meilleure du monde. L'armée m'a appris la discipline et l'autonomie.

— Je suis sûre que ce sont des qualités que tu avais déjà.

— Peut-être.

Le silence se fit de nouveau dans la cabine, tandis que l'avion continuait à perdre de l'altitude.

— Comment vous rendez-vous d'une île à l'autre ?

— Nous avons un grand réseau de ferries. Regarde.

Il tendit le bras et elle vit une myriade de bateaux à la surface de l'eau.

— Tu vois comment les îles semblent scintiller ? reprit-il. Tolmirós est surnommé le Royaume de diamant. Chacune de ses îles est comme un joyau en pleine mer.

La poésie de cette description s'enroula autour de son cœur, et elle acquiesça. L'avion descendit encore, à tel point qu'on aurait dit qu'il allait se poser sur la mer. Pourtant une terre apparut soudain, puis une piste d'atterrissage gris pâle bordée de fleurs rouges. Quand l'avion se posa, elle se tourna instinctivement vers Leo, mais le petit garçon dormait toujours à poings fermés. Son cœur se serra un peu.

Elle sentit alors le regard de Matthias sur elle. Lentement, comme de leur propre gré, ses yeux se levèrent vers lui.

Aussitôt, son souffle se bloqua dans sa gorge, son corps fut comme paralysé, son âme même s'arrêta à la vue de cet homme qui lui avait fait perdre la tête trois ans plus tôt, et dont elle savait maintenant qu'il dirigeait un pays. Mais n'avait-elle pas senti confusément, à l'époque, qu'il était investi d'une sorte de pouvoir latent ?

Sous l'intensité de son regard, le cœur de Frankie se mit à tambouriner de plus belle.

— Est-ce que tu as vraiment essayé de me retrouver ? demanda-t-il d'une voix si basse qu'elle l'entendit à peine.

— Oui, mais c'était impossible.

— C’était ce que je voulais.

Malgré la douleur qui la déchirait, elle dit simplement :

— Tu as eu moins de mal que moi à oublier ce week-end.

Ses traits se tendirent. Il sembla sur le point de dire quelque chose, mais se ravisa et se tourna vers Leo.

Le petit garçon était en train de se réveiller. Il étirait ses jambes et ses bras potelés, et ressemblait tellement à une étoile de mer que Frankie sourit sans même s’en apercevoir.

— Maman ?

Frankie détacha sa ceinture et alla détacher celle de son fils. Ensuite, elle le prit dans ses bras et le cala sur sa hanche.

— On est où ? demanda Leo.

— Dans un avion. Tu ne te souviens pas ?

Quand ils avaient embarqué, le petit garçon dormait à moitié.

— Non.

Il secoua la tête, sourit et tendit un doigt vers Matthias.

— C’est qui ?

— Un ami de maman, dit-elle rapidement.

Matthias lui décocha un regard de reproche et s’empressa de prendre la situation en main.

— Je suis ton père, Leo.

Cette fois, ce fut Frankie qui lui adressa un regard empli d’une rage pure.

— Mon père ?

Leo les regarda tour à tour en clignant des yeux.

— Ton papa, oui.

La voix de Matthias était douce, mais le regard qu’il jeta à Frankie était lourd de reproches et de colère. Elle le soutint sans vaciller, bien décidée à lui montrer qu’elle ne se déroberait ni devant cette lutte, ni devant aucune autre.

— Papa ? répéta Leo en ouvrant de grands yeux. Maman, tu dis toujours que papa est tellement gentil !

Le cœur de Frankie se serra. C’était ce qu’elle avait dit à Leo, oui, ainsi que beaucoup d’autres choses. Elle avait inventé un père dont son fils pouvait être fier, parce qu’elle avait voulu qu'il pense que l'homme qui avait participé à sa création était merveilleux, même si les circonstances lui interdisaient de vivre avec eux.

— Nous allons passer quelque temps avec papa, dit-elle doucement en ignorant le regard de Matthias qui s'attardait sur elle. Est-ce que ça te fait plaisir ?

Leo fit la moue et secoua la tête d'un air buté. Frankie dissimula un sourire dans les boucles de son fils. Que le roi Matthias, qui « obtenait toujours ce qu'il voulait », avale ça !

Mais ce fut d'un ton taquin, comme si le rejet de Leo ne l'affectait en rien, qu'il demanda :

— Tu en es sûr ? Parce que j'ai une piscine juste devant ma chambre. Tu pourrais y aller quand tu voudrais.

Leo inclina la tête de côté, dans une attitude tellement évocatrice de Matthias que le cœur de Frankie se serra.

— Une piscine ? répéta-t-il. C'est quoi, une piscine ?

— Tu ne sais pas ce que c'est ? demanda Matthias, incrédule. C'est comme une immense baignoire où tu peux faire autant d'éclaboussures que tu en as envie.

— Mais maman dit qu'il ne faut pas faire d'éclaboussures dans le bain !

Matthias posa sur elle un regard tellement accusateur qu'elle faillit céder au besoin de se défendre et de justifier l'éducation qu'elle avait donnée à son fils. Elle souffla, baissa les yeux vers Leo et expliqua :

— Dans une piscine, tu peux faire des éclaboussures.

Ravi, le petit garçon commença à sautiller sur ses genoux.

— Et tu sais quoi ? reprit Matthias.

Il se pencha en avant en souriant d'une façon qui lui coupa le souffle.

— Nous habiterons tout près de la plage. Tu pourras y aller quand tu voudras.

Leo battit joyeusement des mains.

— Qu'est-ce que tu aimes faire d'autre ?

Il avait mis dans le mille. Leo se mit à babiller et Matthias l'écouta en hochant la tête, même si Frankie était certaine qu'il ne comprenait pas la moitié de ce que disait son fils.

L'avion s'arrêta enfin et l'équipage ouvrit la porte. Une chaleur étouffante s'engouffra aussitôt dans la cabine. Frankie appuya la tête sur le dossier de son siège et inhala profondément cette brise chargée de soleil en priant pour qu'elle l'emplisse de calme et de détachement.

Elle allait épouser Matthias. Elle n'avait pas le choix. Elle voyait même ce que ce mariage avait de logique. Après tout, elle avait été assez sotte pour coucher avec un parfait inconnu, sans chercher à savoir qui il était vraiment, entraînée par le désir impérieux qu'il lui avait inspiré et qui avait exigé d'être assouvi sur-le-champ. Il était tellement charmeur et expérimenté qu'elle n'avait pas réfléchi.

Elle laissa échapper un petit soupir d'impatience. Pourquoi revenir sur le passé ? Elle ne pouvait rien y changer et, honnêtement, elle n'avait aucun regret, parce que cette nuit avec Matthias lui avait donné Leo.

D'ailleurs, elle ne regrettait pas non plus d'avoir couché avec Matthias. Il n'avait certainement pas mérité qu'elle lui donne son innocence, mais il restait l'une des meilleures expériences de toute sa vie.

Voulait-elle la renouveler ?

Pendant un instant, elle s'autorisa à imaginer cet avenir avec lui. Les nuits de passion, lourdes de son désir insensé, vibrantes de ses cris de plaisir...

Des voix emplirent soudain la cabine et elle releva les yeux. Leo continuait à babiller, mais c'était elle que Matthias regardait. Ses joues s'enflammèrent, et elle fut certaine qu'il savait à quoi elle pensait, certaine de lire dans ses yeux un désir aussi ardent que celui qui l'emplissait.

Elle se força à regarder les personnes qui venaient de monter dans l'avion. C'était une femme qui ouvrait la marche, plusieurs housses à vêtements à la main.

Matthias se leva et échangea quelques mots avec ses

serviteurs. Ils s'inclinèrent profondément et, malgré la barrière de la langue, elle sentit le profond respect qu'il leur inspirait. Ensuite, il tourna vers elle un visage indéchiffrable.

— Voici Marina. Elle va t'aider à te préparer.

— Me préparer pour quoi ?

— Pour ton arrivée au palais.

— Mais... Je suis prête.

Il détailla froidement ses cheveux, son visage et ses habits. Bien qu'elle portât l'une de ses robes préférées, elle eut soudain l'impression d'être vêtue d'un vulgaire sac à patates.

— Qu'est-ce qu'il y a ? demanda-t-elle.

Comme si cette inspection la laissait de marbre, elle releva le menton avec défi.

— Tu es ma fiancée, lui rappela-t-il. La future reine de Tolmirós. Tu te sentiras bien plus à l'aise si tu portes des vêtements qui conviennent à ton statut.

S'ils avaient été seuls, elle lui aurait dit sa façon de penser. Comme ils ne l'étaient pas, elle se leva, cala Leo sur sa hanche et railla :

— Je suis navrée de ne pas remplir vos critères, Votre Majesté.

Mais sa voix tremblait. Elle sentait la panique la gagner à la pensée de l'énormité de ce qu'elle s'apprêtait à faire.

— Mes critères n'ont rien à voir, répondit-il calmement. Je ne pense qu'à ce qu'on attend de toi et de Leo.

D'un geste, il invita l'une des personnes qui les avaient rejoints dans la cabine à s'approcher. C'était une femme d'un certain âge, au sourire plein de bonté. Les rides qui creusaient son visage étaient celles d'une personne qui riait souvent.

— Voici Liana, dit Matthias. C'était ma nounou, quand j'étais petit.

Les yeux verts de la femme furent agités par un tourbillon d'émotions que Frankie ne put identifier. Son sourire disparut pendant une fraction de seconde, mais son visage s'illumina dès qu'elle posa les yeux sur Leo.

Elle s'approcha et fit claquer sa langue. Le petit garçon lui fit un grand sourire et commença à taper dans ses mains. Liana éclata de rire et l'imita aussitôt.

— Vous permettez ? demanda-t-elle à Frankie, sans quitter Leo des yeux.

— Je...

Non, elle ne voulait pas lui donner Leo. Elle voulait le serrer dans ses bras, le garder tout contre elle. Matthias dut deviner sa panique, parce que son visage se crispa.

— Liana va aider Leo à passer des vêtements plus convenables que ce pyjama, dit-il d'un ton rassurant. Pendant ce temps, tu te changeras toi aussi.

Ce n'était là qu'une suggestion parfaitement logique, mais plus Matthias était logique, plus elle avait envie de se rebeller.

— Je ne vois vraiment pas l'intérêt de me changer, dit-elle. Tu m'as dit qu'il n'y aurait pas de photographes...

— C'est vrai, coupa-t-il, mais il y aura le personnel. Des centaines de personnes. Est-ce que tu ne préférerais pas être habillée comme une princesse ?

— Je suis très bien comme je suis, dit-elle avec mépris.

Et elle ajouta, à l'intention de Liana :

— Je préférerais rester avec Leo.

Matthias la dévisagea longuement et haussa les épaules.

— C'est à toi d'en décider, bien sûr.

Dès qu'ils arrivèrent au palais, Frankie regretta d'avoir été aussi impulsive et obstinée. Sa robe était jolie, mais parfaitement déplacée dans ce lieu somptueux.

C'était un énorme château, qui se dressait entre la ville et la mer. La limousine était passée sous une arche immense pour pénétrer dans une cour carrée, cernée de murailles. Dès que la voiture s'arrêta, on déroula un tapis bleu vif, qui menait jusqu'à une porte vitrée dont les deux battants étaient ouverts. Des serviteurs se tenaient de part et d'autre du tapis. Les hommes étaient en costume, les femmes en robe.

La plupart portaient également de longs gants blancs et un tablier tout aussi immaculé.

Ils étaient tous plus élégants qu'elle – même son petit Leo qui, avec son short gris, sa chemisette blanche, ses mi-bas bleus et ses souliers noirs étincelants, avait tout du parfait petit roi en devenir. Ses cheveux indisciplinés avaient été coiffés et se tenaient sagement sur sa tête. Seule une boucle avait refusé de se laisser dompter et lui retombait sur le front.

Ils étaient tous trois assis à l'arrière de la voiture, comme la famille qu'ils n'étaient pas vraiment. Matthias dévisagea attentivement Frankie. Quand il l'avait pénétrée et avait découvert qu'elle était vierge, il l'avait regardée dans les yeux et avait murmuré dans sa langue natale les mots qui transformeraient sa douleur en plaisir. Et elle avait crié son nom, encore et encore, comme s'il s'agissait d'une incantation.

Deux soirs plus tôt, il avait eu envie d'oublier toute cette discussion sur sa lignée, leur mariage et leur avenir pour céder au désir qu'elle lui inspirait – un désir qu'il soupçonnait d'être insatiable, même s'il avait l'intention de passer beaucoup de temps à essayer de le rassasier.

— Alors, Frankie...

Il s'attarda sur son prénom, imagina qu'il le transformait en baiser sur la chair sensible de sa gorge, puis sur ses seins. Il sentit son corps se tendre, déjà prêt pour elle, toujours avide d'elle. Mais il allait devoir être très patient, il le savait.

— Tu es prête ?

Elle lui adressa un sourire qui manquait d'éclat.

— Si je dis non, est-ce que cela changera quelque chose ?

Il grimaça un sourire. Maintenant, il comprenait pourquoi elle s'opposait à lui. Elle était nerveuse, comme si elle allait se jeter d'une falaise sans savoir ce qui l'attendait en bas. Il se pencha vers elle et remarqua aussitôt que son souffle se bloquait dans sa gorge et qu'un éclair de désir traversait son regard.

— Nous devons le faire, dit-il.

Et il le regrettait sincèrement, comme il regrettait que Frankie doive accepter un mariage dont la seule pensée lui répugnait, au lieu de vivre librement et d'épouser un homme qui l'aimerait, comme elle l'avait toujours souhaité.

— En ce cas, pourquoi me poser la question ? répliqua-t-elle d'un ton sec.

Il fronça les sourcils, chercha un moyen d'apaiser sa nervosité, et n'en vit qu'un seul.

— Ça va, maman ? demanda Leo en refermant sa petite main sur celle de Frankie.

Matthias regarda leurs mains jointes, le cœur étrangement lourd.

— Très bien, dit-elle.

Son sourire noyé de larmes n'était que pour son fils.

Quand la portière s'ouvrit, il regardait toujours son enfant et la femme qui allait devenir son épouse. Elle était nerveuse, mais il n'y pouvait rien. Il n'y avait pas d'autre solution.

— En ce cas, allons-y, dit-il.

Quelques mots tout simples, mais lourds de sens. En descendant de cette voiture, Frankie traverserait une frontière invisible, sans espoir de retour. Elle cesserait d'être une artiste émergente de la scène new-yorkaise pour devenir la fiancée de Matthias, la future reine, la mère de l'héritier du trône. Elle appartiendrait à cette vie, à Matthias – et Leo aussi.

Mais elle n'avait pas le choix. Si Matthias s'était décrit comme un réaliste, elle ne manquait pas de pragmatisme, elle non plus... À moins qu'il soit plus juste de parler de fatalisme.

Matthias descendit de voiture. Elle le suivit des yeux, remarqua la façon dont son personnel évitait de le regarder. Il se retourna, tendit les bras, et elle comprit ce qu'il attendait.

Leo.

Sa bouche s'assécha, son cœur se mit à tambouriner. Elle n'avait aucune raison de refuser. Il lui serait plus facile de descendre de voiture si elle ne tenait pas un petit garçon dans ses bras. De plus, si Matthias portait Leo, personne ne la regarderait, n'est-ce pas ?

— Va avec Matthias… Avec papa, dit-elle avec raideur.

Elle embrassa les boucles de Leo avant de le tendre vers Matthias. Quand il prit son fils par la taille, elle se rapprocha de la portière et surprit les regards curieux que le personnel coulait vers eux. Même si le protocole le leur interdisait, comment auraient-ils pu résister à l'envie de voir ce petit garçon de deux ans, qui était leur futur roi ?

— Maman ?

— Je suis là. Juste derrière vous deux.

Et elle devait l'être, parce que jamais Matthias n'abandonnerait Leo. Maintenant, elle en avait la certitude. Si elle voulait faire partie de la vie de son fils, elle devait accepter que Matthias fasse partie de la sienne.

Les nerfs en pelote, elle se plaqua une expression sereine sur le visage et descendit à son tour de la limousine. Tous les regards se tournèrent aussitôt vers elle, et elle devina ce qu'ils pensaient tous : « Pourquoi elle ? »

Désespérée, regrettant amèrement d'avoir refusé qu'on lui donne l'apparence d'une future reine, elle décida de la jouer au culot. Elle se redressa et fit de son mieux pour sembler au comble du bonheur, alors qu'elle était terrifiée.

Matthias passa un bras autour de sa taille. Prise de court, elle leva les yeux vers lui. Sur son visage se lisait un mélange de triomphe et de mise en garde.

— Bienvenue chez toi, *deliciae*.

Chez elle.

Elle n'eut qu'une seconde pour assimiler ces paroles et se demander ce que signifiait ce mot adorable – « deliciae ». Quand Matthias inclina la tête et pressa ses lèvres contre les siennes, elle fut arrachée au présent pour s'écraser dans le passé, dans cette brève période où ces baisers avaient été sa seule raison de vivre.

Pour ses nerfs tendus à se rompre, ce baiser fut à la fois une torture et une délivrance, une douleur atroce et une extase. Son corps bascula vers celui de Matthias, comme si elle était ivre. Même si ce baiser était bien plus chaste que ceux qu'ils avaient échangés par le passé, il ranima des flammes qu'elle avait crues éteintes, et qu'elle ne savait pas comment elle pourrait étouffer de nouveau.

Que cet homme aille au diable !

Quand il releva la tête, les joues de Frankie s'enflammèrent sous son regard moqueur. Elle porta une main tremblante à ses lèvres.

— Pourquoi as-tu fait ça ?

Il partit d'un rire doux, qui la fit frissonner.

— Parce que tu étais nerveuse et que je n'ai vu aucun autre moyen de te calmer.

Elle fut troublée de sa perspicacité, mais vexée de voir avec quelle facilité il pouvait transformer son sang en lave.

— Et si je ne veux pas que tu m'embrasses ? murmura-t-elle pour eux seuls.

Il rit de nouveau.

— Qu'est-ce qu'il y a de si amusant ?

— Ne lance pas de défis que tu ne veux pas perdre.

— Qu'est-ce que ça veut dire ?

— Ça veut dire...

Il se pencha de nouveau vers elle. Ses intentions étaient évidentes et pourtant elle ne recula pas.

— Ça veut dire que je vais prendre beaucoup de plaisir à te faire ravaler ces paroles.

Et il écrasa une fois de plus sa bouche sur la sienne, en un baiser qui était à la fois une marque de possession et une promesse. Elle aurait dû résister, elle le savait. Mais le plus perturbant, c'est qu'elle n'était pas certaine de le vouloir...

5

— Et voici la résidence privée, madame.

L'homme inclina la tête avec déférence et s'effaça devant Frankie. Elle n'était dans le palais que depuis une heure, mais son esprit tournoyait déjà. Contrairement à Leo, elle n'avait pas dormi un seul instant dans l'avion, et elle était tellement épuisée qu'elle n'arrivait plus à se concentrer.

La résidence privée ressemblait à un appartement moderne, alors que le reste du palais était resté fermement ancré dans le passé, avec ses tableaux et tapisseries anciens accrochés sur un splendide papier peint.

— La suite a été redécorée au début du siècle, dit le serviteur en pénétrant dans l'appartement. Toute l'électricité a été refaite à neuf. Aimeriez-vous la visiter, madame ?

— Oh ! non merci.

Ce qu'elle voulait, c'était une bonne tasse de café et un moment de solitude. En souriant pour adoucir son refus, elle ajouta :

— Je suis certaine de trouver mon chemin seule.

— Certainement.

Le serviteur tendit le bras vers le couloir et reprit :

— Les pièces de maître Leo sont là-bas. Nous n'avons pas eu le temps de les terminer.

Frankie se dirigea dans la direction qu'il indiquait. Son œil d'artiste remarqua les murs blanc cassé, les vases emplis de fleurs au parfum suave, les portraits et photographies en noir et blanc. L'ensemble était trop harmonieux pour ne pas être l'œuvre d'un décorateur de palais. La pensée lui arracha un demi-sourire.

— La porte bleue, madame, indiqua le valet.

Elle tourna le bouton, poussa le panneau de bois et la pièce lui apparut. Aussitôt, son cœur se serra.

Comment avait-elle pu envisager de repousser Matthias ? N'importe quel petit garçon aurait rêvé d'avoir une chambre comme celle-ci. Elle tourna sur elle-même, sans voix. Leo, qui l'avait suivie, demanda :

— C'est à moi ?

Elle regarda son fils avant de reposer les yeux sur la pièce, déchirée entre le doute et la certitude.

— Oui, dit-elle enfin.

Le petit lit en bois couleur crème était garni d'un somptueux dessus-de-lit bleu, de gros oreillers presque aussi grands que Leo, et de coussins ornés de petits soldats tout droit sortis de « Casse-Noisette ». La fenêtre en saillie donnait sur un splendide jardin.

— Le potager du chef, indiqua fièrement le valet.

La pièce était pleine de livres et de jouets simples, en bois, d'excellente qualité. Frankie les examina et reconnut à contrecœur qu'ils étaient parfaitement adaptés à l'âge de Leo.

Le petit garçon prit des cubes sur l'étagère.

— À moi ?

— Oui, répondit-elle de nouveau.

— Vous êtes là, dit une voix féminine à l'accent prononcé.

Frankie se retourna et vit Liana qui s'approchait en souriant. Elle lui rendit tout naturellement son sourire. Elle appréciait déjà cette femme franche et chaleureuse, qu'elle voyait comme une alliée dans le monde effrayant dans lequel elle venait de basculer. Elle l'apprécia encore plus en voyant qu'elle s'était débarrassée de ses chaussures et portait des chaussettes rose vif sous son pantalon strict.

— Bonjour, Frankie.

Elle apprécia également que Liana l'appelle par son prénom, au lieu de l'affubler de quelque titre ridicule.

— Cette pièce vous plaît ?

— Oh oui, elle est parfaite. Je ne sais pas qui l'a agencée, mais elle contient tout ce que Leo aurait choisi lui-même.

— Ah... Matthias et Spiro étaient des petits garçons, eux aussi, il n'y a pas tellement longtemps. Je me souviens.

Liana se frappa la tempe d'un doigt noueux.

— Spiro ? répéta Frankie.

Les yeux de Liana s'étrécirent mais elle ne répondit pas.

— Allez, allez, dit-elle. Je vais faire connaissance.

Elle frappa dans ses mains et tendit les bras vers Leo. Au lieu de l'ignorer et de continuer à regarder les jouets comme Frankie s'y attendait, le petit garçon se releva et trottina vers Liana en lui souriant.

— Il vous aime bien, dit Frankie, le cœur lourd.

— Et je l'aime bien moi aussi, répondit Liana. Nous allons être de grands amis, petit maître Leo, n'est-ce pas ?

— Oui.

Le petit garçon hocha vigoureusement la tête, et Liana se tourna vers Frankie.

— Allez vous reposer. Il sera heureux avec moi.

Frankie était déchirée entre le désir de ne plus jamais perdre Leo des yeux et le besoin d'être seule, de prendre un bain et de réfléchir aux derniers événements. Ce fut en voyant Liana et Leo inspecter la pièce dans ses moindres détails, main dans la main, qu'elle se décida. Elle fit quelques pas vers la porte, mais se retourna aussitôt.

— Liana ?

La nounou releva la tête.

— Merci, dit-elle en désignant Leo d'un geste de la tête. Pour cela...

Elle agita le bras vers la pièce et conclut :

— Et pour tout ceci.

— De rien, répondit Liana après un court silence. C'est bon d'avoir de nouveau un enfant dans le palais, *vasillisa*.

Frankie partit donc seule à la découverte de l'appartement, mais se limita à une inspection sommaire pour ne pas trop penser à la disparité entre sa situation et le degré de luxe dans lequel elle avait été propulsée sans la moindre cérémonie.

Après le petit vestibule par lequel elle était entrée, il y avait donc un couloir qui menait jusqu'à la chambre de Leo. Elle communiquait avec une autre pièce meublée de canapés et d'une table miniatures, un adorable petit salon pour enfant dont les baies vitrées donnaient sur un petit balcon.

Il y avait ensuite une salle de bains carrelée de blanc équipée d'une grande baignoire, d'une douche et de deux toilettes, dont l'une était plus basse. La dernière porte desservait une autre chambre, que Frankie estima parfaite pour elle – et tant pis pour les intentions de Matthias. Mais quand elle avisa les chaussures glissées sous le lit, elle comprit qu'il s'agissait de la chambre de Liana.

Autrement dit, elle ne serait pas seule avec Matthias dans cet appartement. Rassurée, elle continua à suivre le couloir et découvrit un autre salon, incroyablement grandiose celui-là. Six canapés et fauteuils damassés entouraient une table basse en marbre, et l'imposante table en noyer pouvait facilement accueillir dix convives. Il y avait aussi un bar, une lourde bibliothèque en chêne, et une baie vitrée qui donnait sur encore un autre balcon.

Elle traversa la pièce rapidement, avec l'impression d'être une intruse. Jamais elle ne se sentirait « chez elle », ici.

La pièce suivante était bien mieux : c'était un autre salon, beaucoup plus accueillant, avec de larges baies vitrées qui donnaient sur une magnifique piscine. Quand elle imagina Matthias presque nu, fendant l'eau d'un geste puissant, sa bouche s'assécha.

Elle chassa l'image de son esprit et passa dans la cuisine adjacente, où elle retint un cri de joie en voyant une cafetière.

Elle fouilla les tiroirs et les placards jusqu'à trouver du café, emplit le filtre et pressa le bouton. L'arôme se répandit aussitôt dans la pièce. Elle le laissa imprégner son âme, y cherchant le réconfort que seul un café pouvait lui procurer.

Une fois la jolie tasse remplie, elle la prit dans ses mains et poursuivit sa visite. Quand elle pénétra dans la pièce suivante, la lumière du soleil y était tellement éblouissante – mélange parfait de lait et de jaune de Naples, translucide et fragile – qu'elle baissa les paupières pendant un instant avant de les rouvrir vivement.

Un lit immense trônait au milieu du mur opposé. Il était garni de draps gris acier et d'oreillers rebondis, et encadré par deux tables de chevet vides de tout objet personnel. Ni photo, ni livre, ni même un journal.

Le cœur battant, elle contourna le lit pour se diriger vers une porte. En priant pour qu'elle donne sur une autre chambre, elle la poussa et découvrit une salle de bains agrémentée d'un immense jacuzzi posé contre une fenêtre qui donnait sur un verger, ainsi que d'une immense douche à l'italienne.

Elle sortit de la salle de bains à reculons, se cogna l'épaule dans le mur et grimaça de douleur. Quand elle ouvrit la dernière porte, elle découvrit un dressing, aussi vaste que sa chambre du Queens, mais qui n'était qu'à moitié plein. Elle vit des douzaines de costumes, très certainement faits main et sur mesure, des chemises impeccablement repassées, dont beaucoup portaient encore une étiquette, mais aussi des vêtements plus détendus. Son ventre se noua parce qu'ils lui rappelèrent comment était Matthias *à l'époque*. Avant. À New York, quand il n'était que Matt.

Elle soupira et s'appuya contre le meuble cubique qui occupait le milieu de la pièce. Elle ouvrit l'un des tiroirs, par curiosité, et découvrit une dizaine de montres de luxe. Elle secoua la tête avec incrédulité et referma le tiroir.

Elle imagina pendant un instant ses vêtements et ses bijoux fantaisie dans cet immense dressing, à côté des vêtements haute couture de Matthias. La vision était tellement grotesque qu'elle faillit éclater de rire. D'ailleurs, comment allait-elle récupérer ses affaires ? Comme si elle avait lu dans ses pensées, une élégante jeune femme, qui se présenta comme étant Mathilde, choisit ce moment pour la rejoindre.

— Je vais prendre vos mesures, dit-elle avec un accent français, et organiser votre garde-robe.

— Ma garde-robe ?

— Vous aurez besoin d'habits très rapidement, mais ce n'est pas à vous de vous en inquiéter. Je m'occupe de tout.

Frankie eut une pensée pour son café, qu'elle avait laissé dans la chambre, et renonça à son moment de solitude. Quand Mathilde fut repartie, ce fut au tour d'Angélique et de Sienna, coiffeuse et esthéticienne, d'arriver. La première se chargea de faire disparaître toute trace de pâte à modeler de ses cheveux et de les coiffer, tout en conservant leur longueur et leur blondeur naturelle. La seconde lui épila les sourcils et lui fit les ongles des mains et des pieds, deux tâches qu'elle négligeait depuis bien trop longtemps.

Comme Sienna s'escrimait pour ôter une tache de peinture à l'huile de l'ongle de son gros orteil, elle expliqua :

— Je suis artiste, et j'aime peindre pieds nus.

La jeune femme sembla perplexe, et Frankie la comprenait. Comment pourrait-elle jamais devenir la reine que ce pays attendait ?

Quand elle fut enfin de nouveau seule, elle se regarda dans le miroir et reconnut que les deux femmes avaient accompli des miracles. Même si elle portait toujours les mêmes vêtements, ses cheveux étaient tels un nuage blond autour de ses épaules et elle étincelait de partout. Elle avait quelque chose de… oui, de royal.

Gagnée par un regain d'épuisement, elle se doucha dans l'espoir de retrouver un peu d'énergie. Elle s'apprêtait à remettre sa robe quand on frappa à la porte de la salle de bains. Elle plaqua le vêtement sur son corps et s'exclama :

— N'entrez pas !

Et si Matthias entrait et l'attirait contre lui, nue et encore humide de sa douche ? Son cœur se mit à battre la chamade.

— Bien sûr que non, madame, répondit la voix légèrement indignée de Mathilde. Je venais seulement vous dire que vous trouverez quelques vêtements dans le dressing.

— Oh ! dit-elle, déçue et furieuse de l'être. Merci.

— De rien, madame.

Elle s'enveloppa dans un peignoir moelleux et sortit de la salle de bains. Elle traversa la chambre d'un pas vif, de peur que Matthias apparaisse et qu'elle cède à la tentation, qu'elle presse son corps contre le sien et le supplie de… Elle chassa cette pensée et entra dans le dressing.

Elle jeta un regard coupable vers la porte et passa la main sur les habits de Matthias. En s'imaginant ces vêtements sur son corps, en se rappelant sa chaleur et sa force, elle sentit un désir impérieux naître dans son ventre. Il n'y avait qu'une solution, elle en avait bien peur…

Ensuite, elle retourna dans la cuisine et y trouva Matthias, incarnation vivante de ses fantasmes. Quand elle le vit, une palpitation sourde naquit entre ses jambes. Étrangement, ce fut en cet instant qu'elle comprit vraiment que cet appartement était *leur* foyer, où ils allaient vivre côte à côte. Mais pour combien de temps ?

— Est-ce que tu as visité la résidence ? demanda-t-il en la transperçant du regard sagace de ses yeux gris.

— Oui.

Rassemblant tout son courage, elle s'approcha de lui.

— On dirait qu'il n'y a qu'une chambre.

Il la regarda. Un sourire dansait sur ses lèvres.

— Est-ce que c'était une question ?

Qu'il aille au diable !

— Tu ne t'attends quand même pas à ce que je…

— Partage la chambre de ton mari ?

Elle agita les doigts, mais s'arrêta net en comprenant que

ce geste trahissait sa nervosité. En se forçant à le regarder droit dans les yeux.

— Oui.

— Est-ce que tu recommences à prétendre que tu ne ressens pas autant de désir que moi ?

Elle ouvrit la bouche, mais la referma aussitôt. Comment pouvait-elle nier, après le baiser qu'ils avaient échangé plus tôt ? Il devait bien avoir senti le désir qu'il lui inspirait.

— Non, dit-elle doucement. Mais il n'est pas toujours souhaitable de se laisser guider par ses sentiments.

Ses yeux étincelèrent, comme si cet aveu le surprenait.

— Vraiment ? répondit-il en se penchant vers elle. Tu n'as pas à t'inquiéter, Frankie. Je ne te ferai l'amour que si tu me supplies de le faire. *Bene ?* Nous partagerons un lit, rien de plus. Et d'ailleurs, je suis souvent absent.

Elle se sentait atrocement puérile.

— Je...

Il leva un doigt, qu'il posa doucement sur ses lèvres.

— Si tu ne t'habitues pas à vivre avec moi, je te ferai faire une chambre séparée. Je te demande juste d'essayer.

— J'avais supposé que nous aurions des chambres séparées, c'est tout, expliqua-t-elle en se forçant à sourire.

Il acquiesça, sans la quitter des yeux.

— Les rumeurs se propagent comme des feux de forêt. Je ne veux pas que mes serviteurs parlent de nous avant même que nous soyons mariés, ni que les journaux à scandales disent que notre mariage est une union de complaisance.

— Et pourtant, c'est ce qu'il est.

— Leo est mon héritier, et tu seras mon épouse. Nous ne trompons personne.

Elle ravala les mots qu'elle s'apprêtait à dire et hocha la tête. Il avait raison. Elle avait donné son accord en sachant précisément quels étaient ses termes. Il était inutile qu'elle s'humilie en poursuivant cette discussion.

— Tu rencontreras ta gouvernante demain, reprit-il. Elle t'aidera quand nécessaire.

— Ma gouvernante ?

— La femme qui dirigera ta maisonnée.

— Je... Je n'ai pas besoin de ça.

Il lui décocha un regard d'amusement sardonique.

— Tu vas recevoir chaque année plus de mille invitations à divers événements mondains, et des centaines d'associations caritatives te demanderont d'être leur ambassadrice. Il faudra que quelqu'un te dise quelles requêtes accepter, et lesquelles décliner.

— Mais pourquoi est-ce que tellement de gens voudraient... ? Enfin...

— Tu vas devenir reine. Les gens supposeront que tu as l'oreille du roi. Ils chercheront à tirer avantage du pouvoir que te conférera ton statut, ce qui est naturel.

— Mais je n'aurai pas l'oreille du roi, répliqua-t-elle.

Elle s'approcha des fenêtres qui surplombaient le verger.

— Personne n'en sera conscient, répondit-il. Notre mariage semblera être un mariage d'amour. Tout le monde pensera que j'écoute tes conseils.

L'amertume l'emplit, accompagnée d'un profond chagrin. Le genre de mariage qu'il venait de décrire était celui dont elle avait toujours rêvé, celui qui lui aurait enfin donné l'impression d'avoir trouvé sa place. Elle chassa ces pensées déprimantes pour se concentrer sur le sujet qui les occupait.

— Et c'est ma gouvernante qui s'occupera de tout ça ?

— Non, ta secrétaire.

Elle fronça les sourcils et objecta :

— Nous parlions de ma gouvernante.

— J'ai seulement dit que ta gouvernante serait à la tête de ta maisonnée. Tu auras environ dix serviteurs, sans compter tes gardes du corps, qui seront sous sa responsabilité.

Elle se tourna vers lui, mais le regretta aussitôt. Le regard pensif qu'il posait sur elle fit bondir son cœur, aussi douloureusement que si elle avait reçu une décharge électrique.

— Matt..., dit-elle, utilisant son diminutif sans même y penser. Je ne veux pas de tout ça.

— Pourquoi ?

— C'est bizarre, c'est tout. Je ne vois pas pourquoi j'aurais besoin que tellement de gens travaillent pour moi.

— Est-ce que tu veux renvoyer quelqu'un ?

Elle ouvrit la bouche, mais la referma aussitôt. Il l'avait mise dos au mur et le savait. Elle secoua la tête.

— Non ! Seulement, je...

— Détends-toi, Frankie. Tu t'y feras, je te le promets.

— C'est facile à dire. Tu as grandi avec tout ça. Pour toi, c'est normal.

Il haussa les épaules.

— Et ça le deviendra pour toi.

Il se redressa, la rejoignit et ouvrit les grandes portes vitrées. Une bouffée de chaleur s'engouffra à l'intérieur. D'un geste, il l'invita à sortir sur le balcon et, étrangement, elle obéit. Les dalles de terracotta étaient chaudes sous ses pieds et les arbres fruitiers exhalaient une fragrance délicieuse, qu'elle inhala profondément.

Elle se trouvait dans un pays étranger, en compagnie d'un homme avec lequel elle avait couché des années plus tôt avant de le perdre de vue, un homme qui avait engendré son fils. Et pourtant, debout sous ce soleil laiteux, dans ce paysage vert et bleu où les géraniums ajoutaient leurs touches de rouge vif, elle se sentait parfaitement à l'aise.

— Ma gouvernante se mettra en rapport avec la tienne pour organiser notre mariage. Il aura lieu dans deux semaines.

Tout son bien-être s'évapora.

— Deux semaines ?

Elle releva brusquement la tête. Se méprenant sur le sens de sa question, il expliqua :

— Nous ne pouvons pas nous marier plus tôt. Il faut laisser

aux invités le temps d'organiser leur voyage : dignitaires étrangers, membres des familles royales, diplomates.

— Mais... Pourquoi nous presser ?

Il pinça les lèvres avant de répondre.

— Parce que, tant que nous ne sommes pas mariés, mon fils est illégitime et ne peut donc pas prétendre à mon trône. Si je mourais demain, le pays n'aurait pas d'héritier.

Frankie se mordilla la lèvre inférieure et acquiesça, même si elle ne voyait aucune logique dans cette réponse.

— Mais tu es son père ! Tu pourrais l'adopter, ou...

— Adopter mon propre fils ? coupa-t-il, comme s'il s'agissait de la pire chose au monde.

L'estomac de Frankie se noua et, pendant un instant, les blessures de son enfance se rouvrirent.

— Je voulais seulement dire qu'il doit bien y avoir un autre moyen d'en faire ton héritier légal, dit-elle, tellement bas que ses paroles furent presque emportées par la brise.

— S'il y en avait un, penses-tu que je tiendrais autant à t'épouser ?

Matthias comprit qu'il était allé trop loin en voyant le visage de Frankie – non, son corps tout entier – devenir aussi blanc que le sable de la plage de Makalini, et ses yeux verts déborder de chagrin.

Bon sang !

Mais il était encore en état de choc, il essayait encore de comprendre ce qui lui arrivait et de trouver une solution qui leur convienne à tous les deux. Il ne voulait surtout pas se disputer avec elle, parce que rien de ce qui arrivait n'était de sa faute. Pour tout dire, il admirait son courage et sa force.

Il souffla et réfléchit longuement avant de reprendre :

— Les lois qui régissent la succession au trône de Tolmirós sont archaïques et immuables. Comme Leo est né hors mariage, le Parlement exigera un test ADN pour ratifier sa légitimité et...

— Attends une seconde, le coupa-t-elle vivement. Tu vas vraiment soumettre notre fils à un test de paternité ?

Il se tourna vers elle et fut à la fois surpris par sa colère et soulagé de voir que ses joues avaient retrouvé des couleurs.

— C'est nécessaire.

— Pas question.

— Pourquoi ? demanda-t-il, inquiet autant qu'intrigué.

Lui avait-elle menti en affirmant que Leo était son fils ? Mais pourquoi aurait-elle fait une telle chose ?

— Parce qu'il ne peut qu'être ton fils, à moins d'être le produit de l'Immaculée Conception, répliqua-t-elle calmement. Et parce que je ne veux pas qu'il pense qu'il a dû se soumettre à un test ADN pour prouver à son père ce qui sauterait aux yeux du premier imbécile venu.

Il se détendit parce qu'elle disait vrai. Leo n'était pas seulement son portrait craché, mais aussi celui de Spiro. Il s'intéressa alors à un élément qu'elle venait de dévoiler.

— Tu veux dire que tu n'as fait l'amour avec aucun autre homme que moi ?

— Je...

Elle s'interrompit et ferma les yeux en secouant la tête. Quand elle les rouvrit, elle était parfaitement calme – et même un peu méprisante. Ce n'était pas la première fois qu'il la voyait cacher ses sentiments sous un masque d'indifférence et, comme toujours, il fut submergé par l'envie de faire tomber ce masque. Il connaissait un moyen d'y parvenir, un moyen extrêmement tentant...

— Ce que je dis, c'est que toi seul peux être son père.

— Ce n'est pas la même chose ?

— Non.

Son ventre se noua et il fut gagné par une sorte de noirceur. Ce n'était pas vraiment de la jalousie, mais plutôt une possessivité primale, animale. Il ne voulait pas penser qu'elle ait jamais pu faire l'amour avec un autre que lui.

— Est-ce qu'il y a eu d'autres hommes ? demanda-t-il sans détour.

Il eut la satisfaction de voir son masque d'indifférence glisser pendant un bref instant.

— Pourquoi veux-tu le savoir ?

— Parce que j'aime à penser qu'aucun autre homme que moi n'a eu le plaisir de connaître ton corps, dit-il simplement.

En la voyant rougir, il ne put résister plus longtemps. Il marcha jusqu'à elle et posa les mains sur la balustrade, de part et d'autre de son corps.

— C'est une attitude plutôt machiste, dit-elle.

— Oui, répondit-il en esquissant un sourire.

À son grand étonnement, elle sourit elle aussi, d'un franc sourire qui plissa le coin de ses yeux, et il eut l'impression que le soleil entrait dans sa poitrine. Il la dévisagea sans se rendre compte que son propre visage était tendu, rigide, comme figé par son expression radieuse.

— Au moins, tu le reconnais.

Elle reprit rapidement tout son sérieux.

— Est-ce que tu lui as parlé de moi ? demanda-t-il.

Elle ferma les yeux, lui dissimulant une fois encore ce qu'elle ressentait.

— Oui.

Il se rappela la remarque de leur fils, dans l'avion.

— Est-ce que tu lui as dit que j'étais gentil ? insista-t-il.

— Je voulais qu'il pense que son père était un homme bon, répondit-elle, sur la défensive. Je voulais qu'il soit fier de toi.

Matthias respirait à peine.

— Pourquoi ?

— Parce qu'en attendant le jour où il aurait été assez grand pour poser des questions sur toi je ne voulais pas qu'il remplisse seul les blancs et qu'il pense...

Elle laissa sa phrase en suspens.

— Continue, pressa-t-il.

Elle toussota et reprit :

— Je ne voulais pas qu'il pense qu'il n'avait pas été désiré, Je lui ai dit que tu vivais loin de nous, mais que tu étais gentil et amusant et...

— Oui ? souffla-t-il avec impatience.

— Et que tu pensais souvent à nous. Que tu regardais les étoiles et que tu pensais à celles qui étaient au-dessus de nos têtes.

Ce fut d'une voix teintée de méfiance qu'elle précisa :

— C'est pour lui que je l'ai fait. Pas pour toi.

Le cœur de Matthias était lourd. Pour son fils, et malgré la situation dans laquelle elle s'était retrouvée, elle avait créé un mythe dans lequel il apparaissait comme un homme gentil et correct. Elle l'avait décrit de telle façon que leur fils aurait eu envie, tôt ou tard, de connaître son père.

Il la considérait avec un respect grandissant, mêlé de reconnaissance. Il n'était pas certain de mériter ce qu'elle avait fait.

— Je ne veux pas qu'il se soumette à un test ADN, dit-elle d'une voix douce mais pleine de force. Je ne veux pas qu'il pense...

— Qu'il pense quoi, Frankie ? pressa-t-il.

Quand elle leva les yeux vers lui, il y lut une douleur qu'il ne parvint pas à comprendre.

— Je ne veux pas qu'il pense qu'il a fallu ce test pour que tu acceptes de le laisser entrer dans ta vie.

— C'est une simple formalité, se défendit-il aussitôt.

— Elle n'est pas nécessaire.

Il fut gagné par un instinct farouchement protecteur – sans savoir au juste de quoi il voulait la protéger.

— C'est ton fils, reprit-elle en posant une main sur son torse, juste sur le cœur.

Les émotions le submergèrent – fierté paternelle, impression de plénitude, et soulagement que ce soit cette femme qui lui ait donné un héritier. D'une voix vibrante de toutes ces émotions, il répondit :

— Et bientôt, le monde entier le saura.

6

Depuis quand Matthias n'avait-il pas dormi plus d'une heure ou deux d'affilée ? Il était exténué mais, quand il ouvrit la porte de la chambre et vit Frankie profondément endormie dans son lit, il se sentit gagné par un regain d'énergie.

Son sourire radieux n'avait pas quitté son esprit de tout l'après-midi. Il avait expédié ses obligations, impatient de la revoir pour essayer de lui arracher un nouveau sourire. Pourtant, il ne savait toujours pas ce qu'il avait fait pour que son humeur change ainsi, alors qu'à New York, trois ans plus tôt, tous deux souriaient souvent, et librement.

Malheureusement, les événements s'étaient ligués contre lui. Un problème à l'ambassade de Rome l'avait empêché de dîner avec elle et, maintenant, elle dormait à poings fermés.

Ses longs cheveux blonds étaient enroulés autour de son épaule, semblables à un écheveau de fils d'or. Elle respirait lentement, régulièrement, ses jolies lèvres étaient entrouvertes, et il se souvint aussitôt du tout premier baiser qu'ils avaient échangé. Un baiser timide, mais bientôt gagné par l'espèce de folie qui s'était emparée d'eux.

Il se souvint aussi de ce qu'il avait ressenti plus tôt dans la journée, quand il l'avait prise par surprise dans ses bras et embrassée, et du moment précis où il avait senti qu'elle s'abandonnait contre lui, qu'une partie d'elle se perdait dans cette même folie. Il aurait pu approfondir le baiser, attiser le désir qui palpitait entre eux jusqu'à ce qu'elle ne soit plus qu'une boule de nerfs dans ses bras, mais il ne l'avait pas fait.

Pour respecter ses limites, il avait refréné ses besoins. Il savait à quel point elle devait être submergée par les événements - son statut de roi, la place occupée par son fils dans l'ordre de succession, son propre avenir en tant que reine... Mais plus encore par ce qu'ils étaient, ce qu'ils ressentaient. Malgré son expérience, il était impressionné par la force explosive de la chimie qui les unissait.

Debout à quelques pas du lit, il lui suffisait de la regarder dormir pour être submergé par le désir. Comment réagirait-elle s'il s'approchait, posait une main sur son épaule pour la réveiller et plaquait ses lèvres à la base de son cou, là où les baisers l'avaient toujours rendue folle de désir...

Comme si ses pensées s'étaient infiltrées dans l'esprit de Frankie, elle bougea, ouvrit les yeux et les posa sur lui. Elle cessa de respirer et le dévisagea longuement.

Il était minuit passé, et l'air semblait empli d'une magie qui avait le pouvoir de faire revivre le passé.

— Matt ?

Elle cligna des yeux, fronça les sourcils et se redressa. Le drap glissa, dévoilant le doux renflement de sa poitrine. Le débardeur qu'elle portait pour dormir n'avait rien de sexy, mais elle était quand même terriblement attirante. Le désir le transperça, lui arrachant un râle.

— Je..., dit-elle. Tu étais...

Dans la douce lueur laiteuse de la lune, il vit ses joues se teinter de rose et avança d'un pas dans la chambre, sourd aux avertissements de son corps.

— Oui ? dit-il d'une voix épaisse, rocailleuse.

— J'ai cru que je rêvais.

Son corps s'embrasa, s'emplissant de désirs contre lesquels il luttait déjà.

— Est-ce que c'était un rêve agréable ? demanda-t-il.

Il avança encore de quelques pas. Son devoir l'appelait

vers son côté du lit, si vide et si froid, mais comment résister à la tentation ?

— Je...

Elle fronça les sourcils et porta la main à la bretelle de son débardeur. Matthias suivit le geste des yeux. Quand il remarqua le contour de ses tétons qui pointaient sous le tissu, il réprima un gémissement.

Faisant fi de tout bon sens, il saisit sa main, l'écarta de son épaule et, sans la quitter des yeux, fit lentement glisser la bretelle du bout des doigts. La peau de Frankie frémit et elle laissa échapper un petit cri étouffé en l'implorant du regard.

— De quoi as-tu rêvé ? demanda-t-il.

Il posa son autre main sur la seconde bretelle, qui était toujours en place sur son épaule, mais se borna à glisser ses doigts en dessous, sans quitter son visage des yeux.

— J'ai rêvé... J'étais... C'était il y a des années, dit-elle d'une voix rauque, son beau visage assombri par l'incertitude.

— Est-ce qu'il t'arrive souvent de rêver de moi ?

Elle ferma les yeux, peut-être pour l'empêcher de lire ses pensées sur son visage tellement expressif.

— Non, chuchota-t-elle.

— Menteuse. Moi, je crois que tu rêves souvent de moi. Peut-être même chaque nuit.

Elle inspira vivement. Il se pencha et, bien qu'il sache que c'était de la folie, plaqua ses lèvres sur les siennes, étouffant son petit gémissement. Quand il goûta sa douceur, les souvenirs et les sensations affluèrent aussitôt. Elle n'avait pas changé, et son corps tout entier se réjouit de cette familiarité.

Il glissa sa langue entre ses lèvres entrouvertes, lui rappelant le désir qui les unissait. Elle gémit de nouveau avant d'enfouir ses doigts dans ses cheveux, au-dessus de la nuque, comme elle l'avait fait trois ans plus tôt. Il sentit son corps se tendre vers lui, ses seins s'écraser contre son torse. Au bord de l'explosion, il lâcha un juron dans sa langue natale.

— Dis-moi que tu as rêvé de ça, ordonna-t-il.

Il repoussa la seconde bretelle. Dès que ses seins furent libérés du tissu léger, il les prit avidement dans ses mains, goûtant leur poids et leur galbe. Déjà, sa chair gonflait douloureusement dans son pantalon. Tout son être la désirait avec une force qui défiait la logique et la raison.

Oh oui, il disait vrai : elle avait souvent rêvé de ceci. Et, dans son demi-sommeil, l'apparition de Matthias relevait presque du songe. Pourtant, ses mains sur son corps étaient bien réelles. Tout dans ce moment était réel. Elle se cambra en l'attirant vers elle, des deux mains, sourde à la petite voix qui lui hurlait de mettre un terme à cette folie.

Minuit, l'heure du crime... et elle était sa victime. Lentement, il déposa le poids de son corps sur le sien. Quand il ondula des hanches et qu'elle sentit son sexe gonflé de désir presser son intimité, elle fut submergée par une sensation douloureuse, ô combien familière. Elle avait besoin de lui.

— S'il te plaît, geignit-elle.

Elle était prisonnière d'une île de frénésie sexuelle, et attendait sa libération.

Il ondula de nouveau des hanches, attisant son désir. Le plaisir était tel un nuage qui l'emportait au loin.

Trois ans plus tôt, en ce fameux week-end, il lui avait suffi de la regarder et de la désirer pour qu'elle se retrouve dans son lit. Elle avait pourtant toujours voulu garder sa virginité pour l'homme qu'elle épouserait, mais devant Matthias elle s'était retrouvée sans défense. Et maintenant, voilà qu'elle laissait de nouveau son désir chasser ses bonnes résolutions.

Allait-elle devenir une femme qui laissait la passion contrôler ses actes et dicter sa vie ? Allait-elle prendre l'habitude de coucher avec un homme uniquement parce qu'elle le désirait, même si aucun amour ne les unissait ?

Elle secoua la tête, libérant ses lèvres des siennes.

— Nous ne pouvons pas faire ça.

Maintenant, le corps de Matthias lui faisait l'effet d'un poids écrasant dont il fallait qu'elle se libère. Elle plaqua les paumes sur son torse et sentit le battement rapide de son cœur avant de le repousser et de se lever d'un bond.

— Je ne peux pas, répéta-t-elle.

Pourtant, il n'avait rien dit. Il se contentait de la dévisager, d'un regard chargé d'autant d'intensité que l'avait été son baiser. Elle remonta les bretelles de son débardeur. Ses mains tremblaient tellement qu'elle serra les poings.

— Je ne veux pas faire ça.

Il la regardait toujours sans mot dire et, bien qu'elle se soit rhabillée, elle se sentit plus nue et exposée que jamais. Elle avait coupé court à ce qui allait se produire – mais le caractère inéluctable de leur union pesait encore dans la pièce.

Il la dévisagea pendant un long moment, et elle eut l'impression qu'il voyait tous les recoins de son âme.

— Comment se fait-il que tu étais encore vierge, Frankie ?

Elle eut un petit pincement au cœur. Elle savait que ses attentes étaient en décalage avec celles de la plupart des gens, mais telles étaient ses croyances, ses résolutions.

— Je... Je l'étais, c'est tout.

— Non.

Il s'appuya sur un coude. Il semblait parfaitement détendu.

— Je ne pense pas que c'était parce que tu n'avais jamais eu l'occasion de faire l'amour avec un homme.

— Et pourquoi donc ? lança-t-elle sur un ton de défi.

— Parce que tu es une femme de chair et de sang, chuchota-t-il d'une voix rauque. Je sais combien tu es sensuelle, combien ton appétit est grand...

Sous le regard perçant de Matthias, elle découvrit qu'elle n'avait pas envie de lui mentir. À quoi cela aurait-il servi ?

— Je voulais me préserver pour mon mari.

Elle détourna les yeux, gênée par l'aspect enfantin de cette déclaration.

— Pourquoi ?

— Je te l'ai dit : le sexe devrait signifier quelque chose. Enfin… C'est ce que j'ai toujours pensé. Pour moi, le sexe et l'amour devraient aller de pair. Je voulais ne faire l'amour que quand je serais tombée amoureuse d'un homme qui m'aurait aimée en retour.

Depuis quand associait-elle l'acte au sentiment de façon inextricable ? Peut-être ne le saurait-elle jamais.

— Et ensuite, je t'ai rencontré.

Ses jolies lèvres esquissèrent un sourire empreint d'autodérision.

— Un homme qui pense que le sexe est une distraction et l'amour, une vue de l'esprit.

Son cœur manqua un battement devant la froideur de la description.

— Un homme auquel je n'ai pas pu résister.

Elle secoua la tête pour chasser les vestiges du passé et reprit, avec une conviction croissante :

— Mais c'était il y a des années. Je ne suis plus la même. Ça m'a servi de leçon, en quelque sorte.

— Nous en avons déjà discuté. Il me faut un autre enfant, un autre héritier…

Il n'acheva pas sa phrase, et elle en ignora la conclusion, froide et insensible : « au cas où quelque chose arriverait à Leo ».

— C'est très différent de ce qui vient de se passer, répondit-elle. Nous avons failli nous laisser entraîner par nos désirs, au lieu d'écouter le bon sens.

— Tu te punis toi-même, remarqua-t-il sèchement.

Et il avait raison. En coupant court à leur moment de passion, c'était elle qu'elle faisait souffrir, parce qu'elle le désirait de tout son être. Elle avait besoin de lui. Pourtant, sa fierté lui commandait de lui résister – ainsi que son cœur, qui aurait si facilement pu lui appartenir, mais qui avait été blessé trop souvent pour accorder facilement sa confiance.

— Ce n'est pas vrai. Seulement… J'ai toujours voulu vivre un conte de fées, dit-elle doucement.

Il prit quelques instants avant de répondre.

— Les contes de fées n'existent pas. Et même s'ils existaient, je ne pourrais pas t'en offrir un.

Elle prit une inspiration tremblante, à court de mots.

— Tu peux te recoucher, Frankie. Détends-toi. Je ne te toucherai que si tu me le demandes.

Sur ces mots, il s'allongea sur le côté, le dos tourné vers elle. Elle le regarda pendant un long moment. Quand sa respiration fut devenue régulière, elle se recoucha, lui tourna le dos elle aussi, et s'agrippa au bord du matelas.

C'était un cauchemar récurrent, mais il inondait le corps de Matthias d'adrénaline, comme si tout se passait pour la première fois. Il était redevenu adolescent et se trouvait de nouveau dans la limousine. Son corps était pris au piège, et les odeurs âcres de l'essence et de la chair brûlée emplissaient ses narines. Ses parents étaient morts, mais Spiro, à côté de lui, était encore en vie, et poussait des hurlements indescriptibles.

— J'arrive, promit-il en cherchant à repousser le métal qui lui écrasait le torse. Garde les yeux ouverts.

Le chauffeur aussi était mort. Quant au garde du corps qui voyageait avec eux, il avait disparu.

— Je ne peux pas, Matt, gémit Spiro.

Ses yeux gris étaient emplis de larmes.

— Tu le dois.

Matthias lâcha un juron. Il fallait qu'il se dégage.

— J'arrive dans une seconde. Prends ma main.

Il tendit le bras et une douleur insupportable le traversa. Son bras était cassé. Mais il le tendit quand même aussi loin que possible. Quand Spiro mit sa petite main dans la sienne, il remarqua que leurs peaux étaient de la même couleur, leurs mains de la même forme. Mais celle de Spiro était aussi froide que de la glace.

— Écoute, dit-il d'une voix pressante. Est-ce que tu entends les sirènes ? Les secours arrivent, Spiro. Ils vont te sortir de cette voiture

et t'emmener à l'hôpital. Dans quelques semaines, je recommencerai à te battre au basket.

Spiro sourit, et Matthias vit que ses dents étaient couvertes de sang. Son cœur se serra. Comme les paupières de son petit frère se baissaient lentement, il essaya une fois encore de repousser le métal et ordonna :

— Bon sang... Reste réveillé !

— Matt...

Il sentit la main de son frère lâcher la sienne et tourna vivement la tête. Des étoiles dansèrent devant ses yeux et il perdit connaissance pendant une seconde. Quand il revint à lui, les sirènes étaient plus proches et Spiro semblait dormir.

— Spiro ! hurla-t-il en luttant contre le métal qui le retenait prisonnier. Spiro !

Il se tourna vers l'avant de la voiture et le regretta aussitôt en voyant les corps enchevêtrés de ses parents. Il ferma les yeux et formula une rapide prière avant de lâcher un nouveau juron et de tendre le bras vers Spiro.

Il fallait qu'il se dégage pour sauver son frère. La voiture avait fait une embardée pour éviter un gros rocher au milieu de la route. Elle avait basculé dans un vallon et atterri sur le toit. Mais dans le rêve de Matthias, de l'eau s'infiltrait toujours lentement dans la voiture – une eau d'un noir boueux, qui virait au rouge sang.

Spiro mourut et Matthias ne put rien faire, sinon lui tenir la main.

Les équipes de secours avaient mis deux heures à le dégager, deux heures pendant lesquelles il avait contemplé le corps sans vie de son frère en évitant de regarder ses parents. Et si son cœur n'avait pas cessé de battre au cours de ces deux heures, il avait cessé de ressentir.

— Matt ? appela Frankie en posant la main sur son épaule moite de transpiration. Matthias ? Réveille-toi !

Il poussa un cri et se redressa si brusquement que leurs têtes faillirent se cogner. Quand il tourna la tête vers elle, elle vit que ses yeux étaient immenses et d'un noir d'encre.

Sa respiration était aussi rapide que la veille au soir, mais il la dévisageait maintenant comme s'il était en train de se noyer et qu'elle pouvait le sauver, comme s'il attendait quelque chose d'elle… mais elle ne pouvait pas deviner quoi.

Enfin, son visage se détendit graduellement, retrouvant toute sa beauté.

— Est-ce que ça va ? demanda-t-elle.

Il ferma les yeux pendant un instant. Son visage avait retrouvé une couleur normale.

— Ça va.

Il s'assit sur le bord du lit et enfouit la tête dans ses mains. Cette fois, elle lui en voulut de lui tourner le dos.

— Tu as fait un mauvais rêve.

Il émit un son guttural.

— Tu veux en parler ?

Il poussa un autre grognement, et se leva pour aller jusqu'aux portes-fenêtres qui donnaient sur le balcon.

— Je pense que ça veut dire non, murmura-t-elle, plus pour elle-même que pour lui.

Mais il l'entendit et se tourna vers elle. Même s'il portait un boxer, elle dut faire un effort monumental pour ne regarder que son visage.

— Ce n'est rien.

Il ouvrit la porte et sortit sur le balcon. Elle savait qu'il voulait être seul, que son intrusion ne serait pas la bienvenue, mais elle se leva à son tour, traversa la pièce en étouffant un bâillement et le rejoignit.

Quand elle découvrit la beauté du spectacle qui s'offrait à elle, elle ne put retenir un petit cri étouffé. Dans la lumière de l'aube, la mer avait des reflets d'argent et les tout premiers rayons du soleil étincelaient comme autant de diamants et de topazes, parant le ciel de teintes qui n'existaient sur la palette d'aucun peintre.

— Il n'avait que neuf ans, dit soudain Matthias.

Elle ne s'attendait pas à ce qu'il parle. Elle le regarda, et sa gorge se noua. Jamais elle n'avait vu une expression aussi sombre sur un visage.

— Qui ?

Il la regarda, mais sans paraître la voir.

— Mon frère. Spiro.

Elle comprenait maintenant qui était le Spiro qu'avait évoqué Liana. Son cœur se brisa pour lui.

— Il avait neuf ans quand il est mort.

— Comment ? demanda-t-elle, la poitrine comprimée par le chagrin.

— Dans un accident de voiture.

— Je suis tellement désolée.

Elle comprit qu'elle s'était trompée de réponse en sentant qu'il rentrait dans sa coquille.

— C'est comme ça.

— Ne fais pas ça, chuchota-t-elle en secouant la tête.

Ses cheveux volaient dans la brise matinale, chargée du parfum piquant du sel. Elle les saisit du bout des doigts.

— Ne fais pas comme si c'était sans importance. Tu parles de la mort de ton frère. Il n'y a rien de mal à être bouleversé.

— Et quel bien cela peut-il faire ? demanda-t-il d'une voix dure.

Il se détourna pour lui faire comprendre qu'il n'attendait pas de réponse, mais elle lui en donna quand même une.

— Beaucoup. Si tu parles de ce que tu ressens, tu peux continuer à avancer. Tu peux gérer...

Il secoua la tête.

— Pourquoi est-ce que je devrais continuer à avancer alors que Spiro est mort ?

Il empoigna la balustrade et se pencha pour contempler le sol, en contrebas.

— Parfois, je me dis que, si je peux l'atteindre dans mon rêve, l'accident ne se sera pas produit. Je me réveillerai et il sera là. Je me dis que c'est l'accident qui n'est qu'un cauchemar, mais que je ne sais pas comment me réveiller pour en sortir.

Frankie émit un petit son de compassion.

— Je ne peux rien gérer, reprit-il en posant sur elle un regard vide. Et je ne peux pas continuer à avancer. D'ailleurs, je ne veux pas. Spiro fait partie de moi. Je vis pour nous deux.

Elle mourait d'envie de le toucher pour le réconforter, mais le moindre contact avec cet homme pouvait être incendiaire.

— Tes parents aussi sont morts dans l'accident ? demanda-t-elle doucement.

Il hocha sèchement la tête, tandis qu'un éclair de douleur traversait son regard.

— Oh ! Matt, murmura-t-elle.

Poussée par le besoin inné de le réconforter, elle caressa doucement son épaule encore chaude de sommeil. Une nuée de papillons s'envola dans son ventre.

— Je ne peux pas imaginer ce que tu as ressenti.

— J'ai fait avec, gronda-t-il.

Il la transperça du regard et elle le dévisagea sans dissimuler son scepticisme.

— Arrête de faire comme si tu étais trop dur pour que ça te touche. Personne ne peut vivre un tel drame sans en être changé. Tu dois avoir été...

— Mais il m'a changé, coupa-t-il d'une voix lourde d'émotions. À quinze ans, je croyais encore que mes parents étaient infaillibles, que ma place sur le trône était assurée et que Spiro me poserait des questions idiotes jusqu'à la fin de mes jours, à m'en rendre fou. Puisque j'étais le futur roi, je croyais qu'un jour j'aurais le pouvoir de tout faire, de tout arranger, ou presque. Je pensais vraiment être omnipotent.

Elle hocha lentement la tête.

— C'est sans doute ce que ressentent la plupart des adolescents, qu'ils soient issus d'une famille royale ou non.

— Peut-être.

Il ne sourit pas mais posa les yeux sur ses lèvres, contemplant leurs courbes avec une distraction évidente.

— Mais un an plus tard, je voyais le monde comme il est vraiment.

Un silence chargé d'émotion et de méfiance palpita autour d'eux.

— Et comment est-il ? demanda-t-elle après un moment.

— Éphémère. On ne peut pas se fier à lui.

Elle secoua la tête et referma sa main sur son épaule. Comme il ne la regardait toujours pas, elle posa sa main libre sur son autre épaule, comme s'il pouvait suffire qu'elle le touche pour le rassurer, pour tout arranger.

— Ce n'est pas parce que tu as vécu une tragédie que tu dois renoncer au bonheur, dit-elle doucement. Ce n'est pas ce que tes parents et ton frère voudraient. Comment peux-tu dire que tu vis pour Spiro, alors que ta vision du monde qui t'entoure est aussi étriquée ?

— Tu sais que je suis un réaliste.

Il inspira si profondément que son torse effleura la poitrine de Frankie, éveillant ses tétons.

— Un réaliste ? Je ne sais pas, Matt. Parfois, je me dis que tu frôles le pessimisme.

L'air qui les séparait sembla épaissir, comme avant une tempête.

— Est-ce que c'est tellement grave ?

— Je...

Son esprit peinait à suivre. Elle secoua la tête sans mot dire.

— Avec le temps, peut-être que tu me changeras, dit-il.

Il se fendit d'un sourire cynique et elle cligna des yeux, comme si elle se réveillait de son propre rêve.

— Je ne pense pas que les gens changent aussi facilement, dit-elle.

Il s'éloigna de quelques pas, puis hocha sèchement la tête.

— Moi non plus.

7

— Un peu plus par là, s'il vous plaît, madame.

Frankie suivit les instructions du photographe, mais son sourire de commande commençait à lui faire mal aux joues.

— Parfait. Encore quelques clichés, près du balcon...

Le soleil était toujours aussi éblouissant que quand Matthias et elle l'avaient regardé se lever. Mais ce matin, il ne portait qu'un boxer et était hanté par un cauchemar dont elle avait ressenti le besoin de le libérer. Maintenant, il avait tout du roi : son costume sombre était agrémenté d'une cravate crème, ses cheveux noirs étaient coiffés vers l'arrière, ses yeux étincelaient dans son visage hâlé... et elle avait le plus grand mal à détourner le regard.

Pour cette séance de photos, Mathilde lui avait apporté une robe couleur crème, agrémentée d'une ruche sur l'épaule, et dont la jupe étroite descendait jusqu'à ses chevilles. Quant à ses chaussures à talons, elles lui permettaient au moins de ne pas se sentir minuscule à côté de Matthias.

— Cela fait quarante minutes, remarqua sèchement Matthias. Vous n'en avez pas encore assez ?

— Presque, Votre Majesté, promit le photographe. Encore cinq minutes, c'est tout.

Frankie coula un regard vers Matthias, qui arborait une expression menaçante. Sur ces photos, ils auraient plus l'air de préparer un enterrement qu'un mariage.

— As-tu besoin de faire une pause, *deliciae* ?

— Non, ça va. Et toi ?

Il grimaça.

— Je préférerais faire autre chose.

— Madame, monsieur… Rapprochez-vous de la balustrade, s'il vous plaît.

Il prit une pose nonchalante, qui trahissait son ennui, et Frankie s'approcha de lui. Le photographe secoua la tête.

— Penchez-vous un peu plus vers le roi.

Elle leva la tête et vit le sourire sardonique de Matthias. Elle lâcha un soupir et suivit les directives du photographe, avec l'impression de se précipiter dans un brasier. Quand elle posa la tête sur le torse de Matthias, elle entendit battre son cœur, sentit sa chaleur et son sourire pâlit. Et lorsqu'il posa une main dans son dos et entreprit de le caresser, de haut en bas, des éclairs de chaleur fusèrent dans son corps.

— Souriez ! rappela le photographe.

Elle fit de son mieux, mais les sensations qu'éveillait la caresse étaient trop fortes. Le désir contre lequel elle luttait de toutes ses forces prit de l'ampleur, et elle n'eut plus qu'une envie : fuir ce balcon et entraîner Matthias jusqu'au lit.

Il se pencha vers elle et dit à mi-voix :

— Tu trembles comme une feuille, *mikró*.

Elle leva les yeux vers lui et leurs regards s'unirent. Plus rien n'existait sinon eux. Elle se perdit dans les profondeurs océanes de ses yeux gris et s'y noya, mais elle s'en moquait. Elle oublia tout.

Il inclina la tête avec une lenteur insoutenable et, pendant quelques secondes interminables, elle ne put penser qu'à son besoin de fondre sous son baiser. Mais il se contenta d'effleurer ses lèvres, et ce fut le moment que le photographe choisit pour appuyer sur le déclencheur.

Un petit gémissement de frustration lui échappa. Matthias releva la tête et, sans quitter des yeux son visage ravagé par la passion, dit d'un ton glacial :

— Cela suffira.

— Oui, monsieur. Merci, monsieur.

Ensuite, il lui tendit la main et, de manière ridicule, elle faillit ne pas la prendre. Le moindre de ses mouvements était entravé par la crainte que le désir qu'elle combattait engloutisse toutes ses résolutions, et la certitude qu'elle ne pouvait pas confier son cœur, sa vie et son amour à Matthias.

C'était absurde. Elle réfléchissait trop !

Elle posa sa main dans la sienne, parce qu'un refus aurait semblé grossier et étrange au photographe, et ils traversèrent la galerie dans laquelle ils avaient posé plus tôt. Quand ils furent seuls, elle dégagea doucement sa main.

— Quand les fiançailles seront-elles annoncées ?

— Demain.

Ils longeaient maintenant un vaste couloir, où s'alignaient d'énormes arrangements floraux, magnifiques et odorants.

— Il faut que je l'annonce à mes parents. Ils vont... tomber des nues.

Matthias coula un regard vers elle.

— Pourquoi ?

Frankie fit la grimace.

— Eh bien, je vais me marier avec un homme dont ils n'ont jamais entendu parler. Un roi, en plus.

— Le père de ton fils, rectifia-t-il laconiquement.

— C'est vrai, mais pour eux tu n'es que le type qui...

— Oui ?

Elle le regarda pendant un instant. C'était ridicule, mais elle était gênée d'exprimer la réalité à haute voix.

— Qui m'a mise enceinte et a disparu sans laisser de trace.

— Ils doivent avoir une mauvaise opinion de moi, remarqua-t-il.

— Est-ce que tu peux vraiment le leur reprocher ?

— Non, répondit-il avec force. Si nous avions une fille et que tel était son destin...

— Mon destin n'a pas été si terrible. J'ai eu Leo.

Matthias ne releva pas sa remarque.

— Si j'avais su que tu allais concevoir un enfant cette nuit-là, les choses auraient été très différentes.

— En quoi ?

— Je n'aurais pas manqué un seul moment de sa vie, dit-il d'une voix vibrante d'émotion.

Un chagrin imbécile lui transperça le ventre, parce qu'il ne pensait qu'à Leo. Il ne regrettait pas de ne pas avoir passé plus de temps avec elle, qui s'était languie de ses caresses et de son sourire pendant des mois.

— Nous ne pouvons pas changer le passé, dit-elle doucement.

— Ni garantir l'avenir. Mais, Frankie, je te jure que j'aurais voulu que les choses se passent autrement. Tu n'aurais jamais dû traverser seule cette épreuve. Si je pouvais revenir en arrière et tout changer, je le ferais.

Sa sincérité était évidente.

— Je sais.

Il ne répondit pas, mais le long regard qu'il posa sur elle semblait lui demander si elle le comprenait vraiment, si elle savait à quel point l'idée qu'il avait abandonné une jeune femme enceinte lui faisait horreur.

Comme s'il voyait qu'elle ne le blâmait en rien, il hocha la tête et redevint un homme d'action. Un roi. Un dirigeant qui ne connaissait ni le doute ni l'autocritique.

— Je vais appeler tes parents et tout leur expliquer.

Frankie laissa échapper un rire.

— Tu ne les as jamais rencontrés !

— Je suis l'homme que tu vas épouser, le père de leur petit-fils. Je dois leur expliquer pourquoi je n'ai pas tenu mon rôle de père, et comment je compte me racheter.

— Minute, lança-t-elle en riant.

Étrangement, elle était sincèrement amusée. Mais quand Matthias posa les yeux sur ses lèvres, son cœur chavira et elle retrouva tout son sérieux.

— Nous ne sommes pas dans un roman de Jane Austen.

Tu n'as pas besoin de demander à mon père la permission de m'épouser.

— C'est une marque de respect.

— Tout ce qu'ils demandent, c'est que tu me respectes et que tu sois attentif à mes désirs.

— Mais je leur dois une explication…

— C'est à moi que tu en devais une, et tu me l'as donnée. Je comprends, et je te pardonne. Mes parents n'ont rien à voir avec tout ça.

— Mais je tiens à ce qu'ils comprennent que je n'avais pas la moindre idée que tu étais enceinte.

— Ils le savent, dit-elle calmement. Qu'est-ce que je leur ai dit, d'après toi ?

Il se figea, comme s'il ne s'était jamais douté qu'elle avait parlé de lui à ses parents.

— Je n'en ai aucune idée, avoua-t-il.

— Je leur ai dit que tu étais un homme merveilleux, mais que nous ne comptions pas nous revoir et que je n'avais aucun moyen de te contacter. Ils savent que je suis allée jusqu'à engager un détective privé pour essayer de te retrouver et, au final, ils ont pitié de toi, parce qu'ils savent tout ce que tu as raté. Tu vois, mes parents sont…

Elle ferma les yeux alors que la disparité entre son enfance et la réalité de son présent la frappait de plein fouet.

— Pour eux, rien n'est plus important que d'être parents. Ils ne t'en veulent pas. Ils sont seulement tristes pour toi, parce que les hasards de la vie t'ont privé de ce privilège.

Il semblait sceptique, mais elle se força à sourire et reprit :

— En plus, ils sont devenus grands-parents grâce à toi. Crois-moi : aucun enfant n'a été plus aimé et choyé que Leo.

Le pli qui marquait son front s'accentua.

— Mais ils t'ont laissée vivre dans le dénuement.

— Le dénuement ? répéta-t-elle en levant les yeux au ciel. Mon appartement n'avait peut-être rien d'un palais, mais ce n'était pas non plus un taudis, Matthias. Ne sois pas si snob.

Un éclat de rire lui échappa. Personne ne l'avait jamais taxé de snobisme. Elle sourit tendrement et reprit :

— Papa et maman ne sont pas riches. Ils m'ont aidée quand ils le pouvaient, mais mon père a dû se faire opérer du dos plusieurs fois. Les opérations coûtaient cher et l'assurance ne les prenait pas en charge.

Son père avait longtemps prétendu pouvoir se passer de ces opérations qui devenaient pourtant de plus en plus nécessaires.

— Je ne voulais surtout pas qu'ils s'inquiètent pour Leo et moi.

— Mais tu as eu des difficultés financières ?

— Oui, répondit-elle. Mais c'était mon choix. Je savais que la vie d'artiste était difficile. Pour nous faire vivre tous les deux, j'ai dû faire des choses que je n'aimais pas vraiment. Voilà pourquoi il fallait que cette exposition soit un succès. Je voulais que nous puissions vivre de ma peinture mais, en réalité, qui sait si cela aurait été possible ?

Il revint au détail qu'elle avait dévoilé.

— Quel genre de choses as-tu dû faire ?

— Oh ! rien de si terrible. Des portraits rapides, sur des marchés ou dans des kermesses d'écoles... J'ai aussi travaillé comme serveuse. J'ai fait tout ce que je pouvais pour gagner de l'argent afin de pouvoir continuer à peindre. Mais j'ai toujours su qu'il faudrait sans doute que je finisse par grandir et trouver un vrai métier.

— Tu as un talent rare. Tu ne devrais pas arrêter de peindre.

— Merci. Mais qu'on ait du talent ou non, il est difficile de se faire une place dans ce milieu.

Il sembla réfléchir pendant quelques instants à cette remarque avant d'acquiescer, presque dédaigneusement.

— Il faut que j'appelle tes parents, Frankie. J'insiste.

Il expira lentement. Son souffle caressa la tempe de Frankie, faisant frissonner ses cheveux blonds, attirant son regard.

— Je ne suis pas homme à fuir mes responsabilités,

ajouta-t-il. Je t'ai trahie, et j'ai trahi Leo. Tes parents ont le droit de l'entendre de ma bouche.

Elle en resta sans voix. Cet aveu était presque une excuse, qu'elle n'aurait jamais cru entendre un jour.

— Si tu avais su que Leo existait, tu m'aurais aidée, dit-elle dans l'espoir de le délivrer de la culpabilité qui l'accablait.

— Nous nous serions mariés, affirma-t-il, comme s'il était certain qu'elle aurait accepté. Et tu n'aurais pas connu un seul jour d'inquiétude de toute ta vie.

Elle ne dit mot, mais elle n'était pas d'accord. Sa sécurité matérielle aurait été assurée, bien sûr. Mais sa sécurité affective ? Oh ! que non...

8

Après une journée torride, Frankie plongea avec délices dans l'eau fraîche de la piscine. Elle était enfin seule, sans aucun serviteur en vue. Leo avait fait un caprice dans l'après-midi et, bien que Liana ait gardé son calme et l'ait aidée à se rappeler que tous les enfants de deux ans font des caprices, elle était exténuée. Mais le vrai responsable de son épuisement était Matthias. Chaque fois qu'elle le voyait, il lui était de plus en plus difficile de se rappeler pourquoi elle voulait garder ses distances avec lui.

Il lui inspirait un tel désir que la perspective de ne faire l'amour que pour en retirer du plaisir devenait acceptable. Son besoin de contrôler ses pulsions lui semblait de plus en plus futile. Puisqu'ils allaient se marier, pourquoi ne pas succomber, au lieu de repousser l'inévitable ?

Elle fit quelques longueurs sous l'eau, jusqu'à ce que les poumons lui brûlent. Alors, elle remonta à la surface, s'accouda aux dalles de terracotta chauffées par le soleil et contempla la vue splendide.

Elle fit encore quelques longueurs de brasse coulée, puis passa au crawl. Elle avait toujours aimé nager, mais n'y avait jamais pris autant de plaisir que dans cette piscine d'eau de mer, après un après-midi épuisant.

Elle fit trois longueurs avant de s'apercevoir qu'elle n'était plus seule. Matthias la regardait, depuis l'autre bout de la piscine, mais son corps réagit comme s'il était assez près pour la toucher.

— Matt ? Je ne savais pas que tu étais là.

— Je viens juste d'arriver.

Comment pouvait-il la déstabiliser d'un seul regard ?

— J'ai parlé à ton père, reprit-il.

Elle ouvrit de grands yeux.

— Déjà ?

— Je n'ai vu aucune raison d'attendre.

— C'est vrai. Nous allons nous marier si rapidement. Seulement, je ne m'attendais pas...

Elle referma la bouche et fit un effort pour se concentrer.

— Qu'est-ce qu'il a dit ?

— Qu'il était heureux pour nous. Je voulais te demander si tu aimerais que tes parents restent quelque temps avec nous après le mariage, ne serait-ce que pour s'occuper de Leo pendant notre lune de miel.

— Notre lune de miel ?

Elle faillit gémir à l'image qu'évoquaient ces quatre mots. Matthias et elle, les membres enchevêtrés dans un lit aux draps en pagaille...

— Tu sais bien, cette chose qui suit généralement un mariage.

Elle sentit ses joues s'enflammer.

— Mais ce mariage n'est pas... Enfin... Nous n'avons pas besoin de ça. Tu as sans doute trop de travail.

— N'as-tu pas envie de visiter ton pays ?

Elle se mordilla les lèvres.

— Si, bien sûr. Mais je pense qu'une lune de miel n'est pas indispensable.

— Et pourquoi donc ?

— Parce que, quand tu me parles de lune de miel, je pense à un lit parsemé de pétales de rose et à une baignoire remplie de champagne. Rien à voir avec nous.

— En effet, convint-il en s'approchant d'elle. Mais nous avons quand même le droit de nous amuser.

— Je pense que nous n'avons pas la même conception de l'amusement, répliqua-t-elle, la bouche sèche.

Il éclata de rire.

— Vraiment ?

Elle rougit de plus belle et hocha la tête, mais son cœur galopait.

— Je t'ai dit que les plans sexe ne m'intéressaient pas.

— Ce n'est pas un « plan sexe », puisque nous serons mari et femme, dit-il avec une logique imparable. Et je pense que le sexe avec moi t'intéresse.

Elle eut l'impression qu'un étau se refermait sur sa poitrine. Il se rapprocha encore, glissa les doigts sous l'élastique de son maillot de bikini et l'attira vers lui. Elle avança sans opposer la moindre résistance. Comme si elle n'était que limaille et lui, son pôle magnétique.

— Matt, chuchota-t-elle quand il glissa son autre main dans son maillot.

Il posa sur elle un regard moqueur. Elle savait qu'elle aurait dû lui dire d'arrêter, mais tout ce qui sortit de sa gorge fut un petit bruit rauque de capitulation.

— Écoute-moi, dit-il doucement.

Il nagea jusqu'au bord de la piscine, l'entraînant avec lui. Là, il la souleva, la posa sur une marche et se posta entre ses jambes.

— J'ai envie de toi, et je pense que tu as envie de moi. Le désir qui nous unit est irrépressible.

Les yeux de Frankie s'enflammèrent. C'était exactement ce qu'elle ressentait.

Les mains de Matt cessèrent de jouer avec son maillot pour se poser sur ses fesses. Elle retint son souffle. Il fallait qu'elle lui ordonne d'arrêter, mais c'était tellement agréable…

Il l'attira vers elle et elle laissa échapper un gémissement sourd en sentant la force du désir qu'elle lui inspirait. Quand elle se souvint de ce qu'elle avait ressenti alors qu'il bougeait en elle, trois ans plus tôt, elle devint à moitié folle de désir.

— Je suis le seul homme qui t'ait fait l'amour, n'est-ce pas ?

Écarlate, elle détourna les yeux.

— Dis-moi, ordonna-t-il en l'embrassant dans le cou. Dis-moi que j'ai été le seul.

— Quelle importance ?

— Si c'est le cas, tu as beaucoup à apprendre.

Il effleura l'intérieur de sa cuisse du bout des doigts avant d'écarter sa culotte. Elle retint son souffle, incapable de se concentrer sur ce qu'il avait dit. Sans la quitter des yeux, il caressa son intimité avant de glisser un doigt dans sa chair moite.

— Tu as beaucoup à apprendre sur ton corps et les plaisirs qu'il peut te donner. Et je veux te l'enseigner.

Il fit tourner son doigt en elle, et elle rejeta la tête en arrière. Sous la perfection de la caresse, les couleurs du ciel crépusculaire lui parurent encore plus belles.

— J'ai envie de toi, dit-il.

Il embrassa sa gorge, lentement, longuement. Elle gémit de nouveau, noua les jambes autour de sa taille et, envoûtée par l'extase de ce moment, abandonna la lutte à laquelle elle se livrait depuis qu'il était entré dans la galerie, à New York, et que son corps s'était éveillé pour la première fois depuis trois ans.

— Je sais que tu veux me résister…

Ces mots attisèrent encore son désir. Quand il ondula des hanches, elle gémit.

— Mais ne vois-tu pas combien notre mariage peut être agréable ? Nous ne le souhaitions ni l'un ni l'autre mais maintenant, Frankie, il peut être tout ce que nous voulons.

Son nom sur ses lèvres était une séduction, sa promesse une tentation à laquelle il était presque impossible de résister. Parce qu'il avait raison. Tellement raison.

Entre eux, il ne s'agissait pas que de sexe, mais de bien davantage – du moins pour elle. Jamais elle n'aurait couché avec lui s'il n'avait été qu'un homme comme les autres. C'était parce qu'elle était tombée amoureuse de lui qu'elle ne lui avait pas donné que son corps et sa virginité, cette nuit-là, mais tout d'elle.

Et il était parti sans se retourner... Maintenant, elle comprenait qu'il n'avait pu faire autrement. Mais jamais il n'avait cherché à la contacter, et son cœur en avait été brisé.

Était-elle vraiment assez idiote pour se donner à lui une fois de plus ?

— Dis-moi que tu as envie de moi, ordonna-t-il.

Il passa un bras autour de son corps et sortit de la piscine en la portant aussi facilement que si elle avait été légère comme une plume.

— Je... ne peux pas, chuchota-t-elle.

Mais elle enfouit ses mains dans ses cheveux, sans chercher à s'écarter de lui. Il la déposa sur une chaise longue et lui ôta rapidement son maillot. Il contempla longuement son sexe, avec une avidité qui lui coupa le souffle, et demanda :

— Tu ne peux pas te l'avouer ?

Il s'agenouilla au pied de la chaise longue, lui écarta les cuisses de ses grandes mains puissantes et plaqua sa bouche sur elle. Traversée par un plaisir aigu, viscéral, elle cria.

Il ne dit rien – il n'en avait pas besoin. Elle voyait par elle-même combien il était vain de chercher à étouffer son désir. En maintenant ses jambes écartées, il la goûta de la langue. Elle était toute à lui.

Elle cria quand il accéléra le rythme de la caresse et glissa un doigt en elle. Il la possédait si complètement, maîtrisait son corps si habilement, qu'elle était proche du point de rupture. Mais il releva soudain la tête et posa sur elle un regard indéchiffrable.

— Supplie-moi, dit-il simplement.

Elle sentit ses joues – et ses pensées – s'enflammer.

— Supplie-moi, répéta-t-il en baissant la tête pour la caresser de la langue, une seule fois.

— Je ne peux pas ! cria-t-elle.

Mais elle prononçait son nom avec une passion emplie de désespoir, encore et encore – son vrai nom parce que ici, dans son royaume, sous le ciel de Tolmirós, il était Matthias et non Matt, l'homme dont elle était tombée amoureuse à vingt et un ans, alors qu'elle pensait encore que l'amour et le sexe allaient de pair. Maintenant, elle voyait que le sexe pouvait se suffire à lui-même.

— Supplie-moi de te faire jouir.

Il se souleva et referma sa bouche sur l'un de ses seins. Son doigt bougeait toujours en elle, la torturant par les souvenirs qu'il évoquait, les promesses qu'il renfermait.

— Pourquoi est-ce que tu fais ça ?

Elle planta les ongles dans ses épaules alors que le plaisir l'écrasait, rendant toute pensée impossible. Son cœur et son corps la suppliaient de capituler, d'admettre qu'elle n'avait pas besoin de plus…

Mais c'était faux.

Son corps était en feu, son cœur battait follement, et elle savait que la délivrance était toute proche. Si elle le suppliait, si elle disait le « s'il te plaît » qu'elle s'interdisait de dire, il la ferait basculer et elle se sentirait presque entière.

Presque…

Mais ce ne serait pas suffisant pour la fille qui avait toujours voulu connaître le véritable amour.

— Je ne peux pas, dit-elle.

Sa respiration était rapide et laborieuse, douloureuse.

— Ne me force pas à te supplier.

Il se redressa et la regarda. Il semblait sincèrement surpris.

— Ne te sers pas de ce que je ressens pour m'humilier, ajouta-t-elle, les yeux rivés au ciel.

— T'humilier ? répéta-t-il. Au contraire, Frankie. En t'amenant à assumer tes désirs, je te rends plus forte. Je te donne les moyens d'apprécier pleinement les moments de plaisir que nous vivons ensemble. Je n'ai aucun intérêt à t'humilier.

Je veux que tu sois courageuse, que tu affrontes ce que tu ressens. Que tu arrêtes de me fuir.

Il planta son regard dans le sien tout en baissant lentement la tête vers son sexe. Elle retint son souffle et se redressa sur les coudes pour le regarder.

— Essayons autre chose, dit-il d'une voix profonde. C'est moi qui vais te supplier de me laisser faire ceci.

De la langue, il taquina sa chair jusqu'à ce qu'un cri aigu de plaisir lui échappe.

— Je vais te supplier et tu diras tout simplement « oui ».

Il lui suffisait de prononcer un seul mot pour que sa torture prenne fin.

— Dis oui, répéta-t-il.

Sa bouche bougea de plus en plus vite et le plaisir de Frankie s'intensifia jusqu'à ce qu'elle ne voie plus qu'une lumière éblouissante d'un blanc pur et ne soit plus consciente de rien.

— Dis oui, ordonna-t-il en attirant son corps vers lui afin de pouvoir l'atteindre plus profondément.

Sa bouche la possédait d'une façon incroyablement intime, parfaite. Il glissa une main sous ses fesses pour la soulever vers lui et elle s'entendit crier, lui donnant une partie de son âme qu'elle avait cru pouvoir garder sous contrôle.

— Oui, Matthias, s'il te plaît. S'il te plaît !

Les yeux de Matthias étaient rivés au tableau, et il pinçait les lèvres avec tant de force qu'elles n'étaient plus qu'une ligne sur son visage. « Ne te sers pas de ce que je ressens pour m'humilier. »

Ces mots s'étaient pourchassés dans son esprit pendant des heures, jusqu'à lui rendre toute réflexion impossible.

« Ne te sers pas de ce que je ressens pour m'humilier. »

Était-ce ce qu'il avait fait ?

Grâce à son expérience des femmes et du sexe, il savait que ce qui l'unissait à Frankie était rare. Tout au long des trois ans qui avaient suivi leur rencontre, aucune femme ne l'avait attiré aussi violemment. Depuis qu'elle était à Tolmirós, il voulait la séduire, la forcer à capituler devant la magnitude de leur désir. Mais devait-il pour autant écraser son amour-propre ?

Il jura à mi-voix et marcha jusqu'aux fenêtres qui surplombaient l'océan. Tout avait semblé tellement simple, au début. Le sexe n'était qu'une partie du marché, un assouvissement du désir qu'ils ressentaient.

Mais Frankie ne semblait pas du même avis.

Il l'avait caressée de la langue, avait goûté sa délivrance, s'était délecté de sa capitulation mais, contrairement à ce qu'il avait pensé, il n'en avait retiré aucun triomphe. Pour tout dire, il avait été comme pris de panique. Quand elle était arrivée au sommet du plaisir, il avait refusé de céder aux supplications de son corps et de la posséder. Au contraire, il s'était écarté d'elle, alors même qu'il la sentait prête à s'abandonner entièrement.

Au final, il s'était laissé dominer par ses sens, tout comme elle. Parce qu'elle avait raison : il avait seulement voulu la forcer à affronter ce qu'ils ressentaient l'un pour l'autre.

Pourquoi tenait-il autant à la soumettre ? Parce qu'il la désirait, et savait qu'elle partageait son désir. Mais elle faisait souvent preuve d'une force de caractère supérieure à la sienne. Pourquoi ? Que voulait-elle ? Pas seulement de lui, mais de la vie en général ? Un foutu conte de fées ? Il ne pouvait pas le lui offrir, réaliser son rêve d'amour éternel. Mais il pouvait lui donner plus que du sexe. Il pouvait la rendre sincèrement heureuse, et pas seulement au lit.

Il s'avouait maintenant qu'il voulait qu'elle soit heureuse, parce qu'il avait besoin de la voir sourire, ce qui arrivait rarement. Il voulait gagner sa confiance – et le reste suivrait.

Ou peut-être que non... Mais Frankie méritait plus qu'un mari qui ne s'intéresse qu'à son corps. Elle méritait qu'il réalise une partie de son rêve – c'était tout ce qu'il pouvait faire.

— Tu as l'air d'un petit prince, s'enthousiasma Frankie.

Les cils perlés de larmes, elle contemplait son fils, qui avait subi une transformation similaire à la sienne : avec sa coupe de cheveux et ses habits neufs, il était magnifique.

— Il est tellement beau, roucoula Liana. Comme son père.

Elle se baissa et prit Leo dans ses bras. Frankie remarqua que le petit garçon ne chercha pas à se dégager, comme il avait pris l'habitude de le faire avec elle. Liana avait toujours droit à des câlins et des baisers, et Leo lui obéissait sans rechigner. Mais Frankie ne pouvait pas lui en vouloir : c'était grâce à la nounou que son fils s'était adapté aussi facilement à sa nouvelle vie. Pour sa part, elle était souvent distraite.

Il ne restait plus maintenant que quelques jours avant le mariage. Quand elle avait accepté de l'épouser, Matthias lui avait dit : « Le jour, tu t'apercevras à peine de mon existence. La nuit, tu ne pourras pas exister sans moi. »

La deuxième affirmation était vraie. Depuis l'après-midi où elle avait capitulé sous sa bouche, au bord de la piscine, et renoncé à lutter contre le désir qui faisait rage entre eux, il n'avait pas cherché à la toucher. Il se couchait tard, s'allongeait sur le côté et s'endormait. Elle le regardait en se demandant ce qu'il dirait si elle écoutait son corps, se mettait sur lui à califourchon, et le suppliait de lui faire l'amour.

Quant aux journées... Comment aurait-elle pu oublier son existence ?

Il était partout où elle posait les yeux : dans le visage de son fils, la fierté de Liana, l'obéissance de ses serviteurs, la prospérité du royaume. Il était dans la bague en or blanc sertie d'un énorme diamant canari qu'il lui avait glissée au doigt deux soirs plus tôt, en lui expliquant que le jaune de la pierre lui rappelait celui du soleil sur la toile à laquelle elle travaillait au moment de leur rencontre. Un commentaire qui lui avait donné l'impression que sa poitrine allait exploser d'incrédulité, d'une joie délirante, d'un bonheur parfait.

Oui, il était partout, même s'il ne cherchait pas à la séduire.

Leurs conversations restaient polies et cordiales. Jamais il ne lui montrait qu'il la désirait. D'ailleurs, il avait si facilement accepté d'être repoussé qu'il ne la désirait peut-être pas. Si seulement elle avait pu le chasser de ses pensées aussi facilement !

— Merci d'avoir préparé Leo pour la soirée, Liana, et d'avoir accepté de nous accompagner.

— Je vous en prie, répondit Liana. Ces soirées ne sont jamais très amusantes pour les enfants. Ils se fatiguent vite d'être polis et bien élevés.

Elle cligna de l'œil à l'intention de Leo et plongea une main dans sa poche, dont elle sortit un petit chocolat rond.

— Et Leo sait que, s'il est bien sage, il aura un bonbon.

Leo hocha gravement la tête et Frankie éclata d'un rire plein de fierté.

— Est-ce que c'est son visage de prince ? demanda-t-elle.

— Il s'est entraîné.

— Eh bien, Leo, tu maîtrises parfaitement ton sujet.

Liana se tourna vers elle.

— Vous êtes très belle, Frankie. Vous ressemblez à une princesse, vous aussi.

— Oh… non, se défendit-elle, mais merci.

Elle avait surtout l'impression de se rendre à une soirée costumée.

— Les robes de bal ne sont pas vraiment ma tasse de thé, ajouta-t-elle.

Des deux mains, elle lissa sa robe turquoise au décolleté en cœur, ajustée à la taille, et dont la jupe froufroutante produisait un joli bruissement quand elle marchait. C'était une vraie robe de Cendrillon, qui s'accordait à merveille avec la tiare qui avait été fixée dans ses cheveux.

— Mais cette robe est très belle, compléta-t-elle.

— Elle vous va bien, dit Liana.

— Tant mieux. Parce que j'ai l'impression que je vais devoir aller à quelques autres soirées du même genre au cours de mon existence.

Elle haussa ses épaules à la peau dorée par le soleil. Elle avait pris l'habitude de passer ses après-midi au bord de la piscine. Elle nageait avec Leo, s'allongeait au soleil pendant qu'il faisait la sieste, se souvenait du contraste terriblement sensuel entre la fraîcheur de l'eau et la chaleur du corps de Matthias. Ses joues rosirent à ce souvenir.

Comme s'il lui avait suffi de penser à lui pour l'invoquer, Matthias entra dans la pièce.

Si elle ressemblait à une princesse, il était le prince charmant. Il portait un costume d'un noir de jais et une chemise et une cravate d'un blanc immaculé. Une écharpe bordeaux ceignait sa taille, des médailles militaires étaient épinglées sur son torse, et il portait au côté une épée en or, longue et effilée. Aucun homme n'aurait dû avoir le droit d'être aussi beau.

— Une épée ! s'écria Leo avec ravissement.

Comme le petit garçon tendait les bras vers lui, Matthias le prit des bras de Liana et lui ébouriffa les cheveux.

— Une épée, répéta le petit garçon.

— Oui, dit Matthias en souriant.

— Elle est pour moi ?

Liana éclata de rire, et Matthias fit la grimace.

— Pas maintenant. Mais bientôt.

Leo fit la moue.

— Je peux la voir ?

Matthias posa son fils par terre et, sans ôter l'épée de son fourreau d'or de cérémonie, la tendit vers son fils afin qu'il puisse la toucher.

— Regarde, maman ! Des dessins !

Matthias leva les yeux et les riva à ceux de Frankie. Ils échangèrent un regard brûlant, qui effaça tout ce qui les entourait. Le souvenir du contact de la bouche de Matthias entre ses cuisses surgit dans son esprit et ses genoux manquèrent se dérober sous elle.

— Je vois, murmura-t-elle en se rapprochant.

— Elle est très vieille, dit Matthias. C'était celle de mon arrière-arrière-arrière-arrière-arrière-grand-père. On dit qu'il a tué le roi d'un pays voisin parce qu'il menaçait de nous déclarer la guerre.

— La guerre ? répéta Leo, fasciné.

Frankie lança un regard d'avertissement à Matthias.

— C'était il y a longtemps, précisa-t-elle.

Il lui sourit et une fossette se creusa dans sa joue. Aussitôt, elle eut envie de le peindre. Elle l'avait tellement souvent peint dans son esprit...

Il se redressa en ébouriffant les cheveux de Leo.

— Tu es très belle, murmura-t-il à son intention.

— Merci.

Elle n'accepta le compliment que parce qu'elle sentait que son apparence devait tout au talent du styliste et du coiffeur.

— Mais il manque quelque chose, reprit-il.

Elle baissa les yeux sur sa robe.

— Qu'est-ce que j'ai oublié ?

Avec un sourire énigmatique, il plongea la main dans sa poche et en sortit un écrin de velours rectangulaire.

— Me feras-tu l'honneur de porter ceci ce soir, Frankie ?

L'écrin contenait une médaille similaire à celles qu'il portait, attachée à un épais ruban de velours violet. Son centre était gravé d'une étoile, percée d'une flèche.

— Qu'est-ce que c'est ? demanda-t-elle.

Quand il sortit la médaille de l'écrin, de ses doigts habiles, elle sentit sa bouche s'assécher.

— L'Étoile d'Aranathi. L'une des distinctions les plus importantes de mon pays. Elle a été décernée à ma mère.

Ce geste lourd de sens déclencha toute une réaction en chaîne, en elle. Du coin de l'œil, elle remarqua que Liana l'observait attentivement.

— Pourquoi l'a-t-elle reçue ? demanda-t-elle à mi-voix.

D'un geste d'une précision presque clinique, il tendit le tissu de sa robe pour y accrocher la médaille.

— Ses actions humanitaires.

— Je ne...

Elle s'interrompit et le dévisagea, non comme une femme qui désire un homme, mais comme un artiste qui évalue un sujet. Elle voyait ses traits surgir du néant de la toile, imaginait les couleurs qu'elle mélangerait pour dessiner la fossette de son menton et la légère ombre sous ses yeux. Mais elle était surtout fascinée par ses épais cils noirs, aussi doux que de la soie. Lesquels de ses traits tenait-il de sa mère, et de son père ?

Leo lui ressemblait beaucoup. Mais y avait-il aussi en lui quelque chose de la reine qui avait jadis porté cette médaille ?

— Je ne sais rien d'elle, acheva-t-elle. Mais j'aimerais.

L'expression de Matthias passa de la fierté à la surprise.

— Pourquoi ?

— Parce que c'était ta mère, et la grand-mère de Leo. Et parce que je ne sais rien sur ta famille, sauf que...

Elle s'arrêta net. Ce fut lui qui acheva sa phrase, sans que son expression varie.

— Sauf qu'ils sont morts.

Elle jeta un regard rapide vers Leo. Heureusement, le petit garçon ne les écoutait pas. Cependant, elle adressa un regard réprobateur à Matthias. Quand le moment viendrait de dire à Leo que les autres membres de la famille de son père étaient décédés, elle voulait que ce soit avec tact.

— Qu'a fait ta mère pour se voir décerner cette récompense ?

— Beaucoup de choses.

— La guerre ! s'écria soudain Leo.

Le petit garçon arracha la paille de la brique de jus de fruits que lui avait donnée Liana et la tendit vers son père, comme s'il le défiait en duel. Aussitôt, un sourire plissa les yeux de Matthias.

— *En garde !* répondit-il.

Leo gloussa de rire et fonça sur son père, qui l'attrapa et le souleva en lui chatouillant le ventre jusqu'à ce que ses éclats de rire emplissent la pièce. Frankie sourit sans même sans rendre compte, d'un sourire distrait, qui ne gagna pas ses yeux.

Un homme apparut à la porte.

— Excusez-moi, Votre Majesté. C'est l'heure.

— Bien sûr.

Le sourire de Matthias disparut aussitôt. L'homme qui souriait, riait et taquinait leur fils avait cédé la place au roi, qui arborait toujours un visage d'une gravité étudiée devant ses serviteurs. Était-il déjà ainsi à quinze ans, ou lui avait-on permis de pleurer sa famille ?

Sa secrétaire lui avait appris quelques jours plus tôt qu'ils devaient se marier dans la Artheki Cathedrali, à huit kilomètres de là. Depuis plus d'un millénaire, c'était là que tous les rois de Tolmirós étaient mariés, baptisés et pleurés. Bien qu'il s'agisse là d'un détail sans importance, il avait marqué l'esprit de Frankie.

Les obsèques des parents et du frère de Matthias s'étaient sans doute tenues dans cette cathédrale. Avait-il pris la parole pendant la cérémonie ? À quinze ans, il n'était pas trop jeune. Mais Frankie imaginait la pression qu'il avait dû ressentir.

Elle avait pensé chercher des détails sur Internet, mais s'était ravisée. Elle préférait les obtenir de Matthias lui-même que fouiner dans son dos.

— Viens, *deliciae*.

Son imagination lui jouait-elle des tours ? La voix de Matthias lui semblait vibrante d'émotion et son regard, chargé d'une intensité indéchiffrable.

— Il est temps que tu rencontres notre peuple.

9

— Oh ! Matthias !

Frankie et son futur époux occupaient une élégante limousine noire. Liana et Leo les suivaient dans une autre voiture.

— C'est tellement beau. On dirait une image dans un livre de contes !

Derrière les vitres teintées et la foule qui s'était massée dans les rues dans l'espoir d'entrevoir la future reine, elle découvrait Tolmirós. Son âme chavira devant les maisons bancales pressées les unes contre les autres, les balcons aux balustrades en fer forgé ornés de jardinières débordant de fleurs violettes et rouges qui lançaient leurs vrilles à l'assaut des murs pastel, vers le soleil et la liberté.

Mais surtout, ces rues étaient chargées d'histoire. La limousine passa devant une église toute blanche, dont le clocher supportait une énorme horloge d'un bleu chatoyant. Des géraniums avaient colonisé l'un de ses murs. Quand elle se retourna dans son siège pour mieux la voir, une bonne sœur apparut et jeta quelque chose par terre. Une centaine de pigeons s'abattit aussitôt sur la place.

Prise par l'émerveillement que lui inspiraient ces rues pittoresques, Frankie ne vit pas Matthias scruter son visage, en quête de la moindre étincelle de ravissement.

— Je n'avais aucune idée que ce serait ainsi.

Il esquissa un sourire.

— À quoi t'attendais-tu ?

— Je ne sais pas trop… Jusqu'à la semaine dernière, Tolmirós n'était pour moi qu'un pays au milieu de la Méditerranée. Et depuis notre arrivée, nous n'avons pas quitté le palais. Je m'attendais à voir des plages superbes et une ville moderne, mais c'est… magnifique.

Un éclair de fierté traversa le visage de Matthias.

— Nous avons aussi une ville moderne : Novampoli, qui est sortie de terre dans les années 1970, sous l'impulsion de mon père. L'essentiel de notre prospérité vient de nos villes portuaires, mais les banques et la finance nous sont tout aussi essentielles. Il nous fallait une ville où installer nos quartiers d'affaires. Novampoli est maintenant une ville de verre et d'acier, où l'on trouve d'excellents restaurants. Je t'y emmènerai. Tu vas adorer.

— Est-ce que cette ville ressemble à Manhattan ?

Elle lissa sa jupe, uniquement pour occuper ses mains.

— Je dirais plutôt qu'elle ressemble à Dubaï : une ville artificielle, dans un endroit inattendu. Elle occupe l'île tout entière, et un énorme pont la relie à l'île voisine, Emanakki.

— J'aimerais beaucoup y aller, dit-elle en souriant. Je veux tout voir.

Il rit doucement.

— Tu vas tout voir, Frankie. Bientôt, tu devras tout savoir de ton pays.

Elle lui coula un regard pensif.

— Qui allais-tu épouser ?

Il haussa un sourcil devant le changement de sujet.

— La question ne se pose plus. D'ailleurs, je t'ai déjà dit que je n'avais toujours pas décidé…

— Je sais, coupa-t-elle avec une moue désapprobatrice. Tu devais sélectionner ta fiancée dans tout un assortiment de futures reines. Je te demande seulement qui tu aurais pu choisir.

En réprimant un sourire, il répondit :

— La favorite était Lady Tianna Montavaigne.

— Pourquoi elle ?

— Elle remplissait tous les critères, c'est tout.

Il haussa les épaules, comme si cela n'avait pas grande importance. Mais Frankie était tenace.

— Quels critères ?

Il pinça les lèvres et la dévisagea pendant un long moment.

— D'abord, elle compte dans sa famille un cousin éloigné de l'actuel roi de Suède, répondit-il enfin. Par son éducation, elle connaît notre mode de vie et les pressions qu'il engendre. Elle a appris à être polie et digne en toutes circonstances et à ne rien dévoiler de sa vie privée, parce qu'elle sait qu'elle vit sous un microscope.

Il avait prononcé cette dernière phrase avec un brin de mépris.

— Elle est intelligente, belle, et nous nous entendons bien.

Le cœur de Frankie se serra.

— Est-ce qu'elle va être déçue de ne pas t'épouser ? Est-ce qu'elle t'aimait ?

Il éclata de rire et secoua la tête.

— Avec toi, il est toujours question d'amour ! Non, elle ne m'aime pas.

Frankie laissa échapper un petit soupir.

— À t'entendre, se marier par amour est absurde.

— Pas absurde. Seulement… romantique. Tianna savait très bien à quoi s'attendre, si elle m'épousait.

— Je n'arrive toujours pas à comprendre comment on peut accepter de se marier sans amour, dit-elle en secouant la tête. C'est tellement triste.

— Pourtant, tu as accepté, remarqua-t-il.

Elle releva aussitôt le menton.

— Je sais. Mais les circonstances sont exceptionnelles. S'il n'y avait pas Leo, rien n'aurait pu m'y forcer.

Il acquiesça, comme si ces mots le rassuraient.

— Tianna entretient une relation avec le chauffeur de

son père, un Syrien dont la famille s'est réfugiée dans le pays quand il était enfant. Elle lui est très attachée.

Frankie cligna des yeux, perplexe.

— En ce cas, pourquoi t'aurait-elle épousé ?

— Parce que ses parents n'approuveront jamais leur union. S'ils venaient à la découvrir, elle serait déshéritée. Notre mariage lui aurait fourni une couverture idéale. Elle aurait pu continuer à voir son amant en toute discrétion.

— Oh Matt... Comment peux-tu parler de tout ça aussi calmement ?

Il soupira et lui pressa la main.

— Je ne vois pas ce qu'il y a de mal à faire des choix éclairés et intelligents.

La voiture ralentit et Frankie remarqua que la foule grossissait encore. Tout ce qu'elle avait appris sur le comportement que devait adopter la future reine, pendant des heures et des heures de cours accélérés, se mélangeait dans son esprit.

— Détends-toi, murmura Matthias. La vitre va bientôt se baisser pour que tu salues mon peuple de la main. Ils vont être ravis de te voir.

Maintenant qu'ils roulaient plus lentement, elle voyait que certaines personnes brandissaient la photo où sa tête était posée contre le torse de Matt et d'autres, des pancartes où son nom était écrit à la main – sous une pluie de confettis.

Elle se demanda si Leo appréciait le spectacle, ou si le bruit l'effrayait. Elle se retourna dans son siège, mais la seconde limousine était trop loin derrière eux.

— Pourquoi Leo et Liana ne sont-ils pas avec nous ?

— Au cas où quelque chose tournerait mal, répondit-il sans la regarder.

— Qu'est-ce qui pourrait mal tourner ? Il n'est pas malade en voiture, il...

Sa voix mourut quand elle envisagea une tout autre raison.

— Tu veux dire que c'est au cas où il y aurait un accident.

— Ou un attentat, répondit-il en haussant les épaules.

— Tu ne voyageras donc jamais avec notre fils ?

Il posait maintenant sur elle un regard implacable.

— Non.

— Pourtant, nous avons pris l'avion tous ensemble !

— Parce que nous ne pouvions pas faire autrement, répondit-il. Mais cela ne se reproduira jamais. J'ai fait inscrire cette loi dans notre constitution.

Sûrement en réaction à la perte de ses parents et de son frère… Le cœur lourd de tristesse, elle prit sa main dans la sienne et la caressa du pouce en un geste réconfortant. En surprenant son regard perplexe, elle se rendit compte que ses yeux étaient humides. Ses émotions prenaient le dessus.

— C'est un peu extrême.

— Non, répliqua-t-il, le visage dur.

— Mais Leo n'est qu'un bébé ! Il préférerait voyager avec ses parents.

— C'est mon héritier, répondit Matthias, les dents serrées. Ma priorité est de le garder en vie.

Il parlait comme un roi qui avait besoin d'un héritier, non comme un père qui attachait de l'importance à la vie de son fils.

— En ce cas, c'est moi qui voyagerai avec lui, dit-elle.

— Ta place est à mes côtés, répliqua-t-il doucement. Et Liana s'occupera de lui.

— Tu as dit que c'est toi qui avais créé cette loi. Elle n'existait donc pas ?

Ses yeux lancèrent des éclairs.

— Non. Si elle avait existé…

Elle se rapprocha de lui. Il fallait qu'il entende ce qu'elle allait lui dire.

— Si elle avait existé, ce rocher aurait quand même été au milieu de la route, et la voiture de tes parents aurait quand même eu cet accident.

— Mais Spiro aurait vécu.

Ses yeux étincelaient de douleur. Le cœur de Frankie se serra.

— Qu'est-ce que tu en sais ? La seconde voiture aussi aurait pu être accidentée. Ou une autre tragédie aurait pu se produire plus tard. La vie n'offre aucune garantie.

— Tu crois que je ne le sais pas ?

Il tourna vers elle un visage tendu, hanté.

— Tu penses que je ne sais pas que ce sont le destin et la chance qui régissent nos vies ?

— Alors, arrête de tout vouloir contrôler, chuchota-t-elle en posant une main sur sa joue. Je ne veux pas que notre fils soit soumis à un protocole et à des lois qui vont à l'encontre de l'instinct naturel. Sa place est avec nous.

Elle posa son front contre le sien, et inspira profondément. Ce lien était tout aussi intime que celui qu'ils avaient partagé au bord de la piscine.

— Je dois vous protéger tous les deux, dit-il d'une voix vibrante de détermination. C'est ma responsabilité.

Frankie resta sans voix pendant quelques instants. Mais soudain, elle comprit. Elle posa une main sur sa joue, et dit :

— Est-ce que c'est parce que tu n'as pas pu sauver Spiro que tu veux tout faire pour qu'il ne nous arrive rien ?

Elle sut qu'elle avait vu juste quand il s'éloigna d'elle.

— Tu n'étais qu'un adolescent, Matthias, insista-t-elle. Tu as fait tout ce que tu as pu.

— Qu'est-ce que tu en sais ? demanda-t-il d'un ton las. Tu n'étais pas là. Tu ne sais rien de l'accident.

— Je sais que, si tu avais pu sauver ton frère ou tes parents, tu l'aurais fait. Si quelqu'un est assez fort pour rendre l'impossible presque possible, c'est toi, Matt. Il faut que tu te pardonnes, que tu te libères de ta culpabilité.

— Plus facile à dire qu'à faire, dit-il en soupirant. Et je ne changerai pas d'avis : Leo ne voyagera jamais avec nous.

Il se renfonça dans son siège, comme pour lui faire comprendre que la discussion était close.

Frankie aurait voulu insister, mais les vitres de la limousine commencèrent à descendre lentement. Elle eut tout juste le temps de se plaquer un sourire forcé sur le visage avant de commencer à agiter la main à l'intention de la foule. Des cris assourdissants et des applaudissements s'élevèrent, et des enfants jetèrent des fleurs vers elle.

Elle était à ce point captivée par le spectacle qu'elle ne remarqua le château que quand la voiture s'arrêta devant. Elle leva les yeux vers l'antique bâtisse ponctuée de tours massives aux toits pointus, et laissa échapper un cri étouffé.

— Oh ! Matt, regarde !

— Je connais, dit-il avec un bref sourire. Au xiie siècle, ce château appartenait à une famille importante. Après des années de guerres civiles, il est devenu propriété de la Couronne. Il abrite maintenant notre Parlement, ainsi qu'un musée destiné aux enfants, qui retrace l'histoire du pays.

— Je n'ai jamais rien vu de tel.

Un garde en uniforme d'apparat ouvrit la portière. Elle esquissa un mouvement, mais Matthias la retint.

— Est-ce que tu te sens bien ?

— Très bien. Pourquoi ?

— Parce que tu pourrais te sentir un peu dépassée par la situation. Tu n'as besoin de rien ?

— Ça va, promit-elle, troublée par sa prévenance. Vraiment.

Il posa sur elle un regard admiratif et relâcha sa main. Elle descendit alors de la voiture, la tête haute, les yeux posés sur la foule, en s'assurant que sa robe ne lui découvrait pas les jambes. Elle veilla tout particulièrement à ne pas trébucher, ce qui n'était pas une mince affaire quand on portait des talons aiguilles et des kilomètres de tulle et de soie.

On lui avait bien dit que le protocole interdisait toute marque de tendresse entre Matthias et elle. Aussi, quand il descendit de voiture à son tour et passa un bras autour de sa taille, elle leva les yeux vers lui.

Il arborait un sourire radieux qui dévoilait ses dents blanches et bien rangées dans son visage aux traits sculpturaux. Envoûtée par ses yeux gris, elle lui rendit son sourire.

Il se pencha et déposa un baiser sur le bout de son nez, pour la plus grande joie de la foule.

Il releva la tête mais ne la lâcha pas. Elle aurait bien qualifié son geste de protecteur, si les flammèches de désir qui léchaient son flanc n'avaient pas été plus effrayantes que ce qu'elle s'apprêtait à affronter.

Il la conduisit vers la foule, où les enfants lui offrirent des douzaines de cartes, de fleurs et d'ours en peluche. Elle admira chaque cadeau avant de le tendre à un officier du protocole. Enfin, ils rejoignirent Leo et Liana au pied de l'escalier monumental.

Matthias prit son fils dans son bras libre et tous trois se tournèrent vers la foule en souriant, mais le sourire de Frankie était un mensonge.

La tristesse qu'elle ressentait pour cet homme lui brisait le cœur. Elle regrettait qu'il ait autant souffert, et comprenait maintenant que son chagrin avait redéfini sa vision de la vie – et peut-être de l'amour.

Quand il se pencha vers elle, elle eut l'impression que son cœur se libérait de la sangle qui l'enserrait jusqu'ici. Matthias ne l'aimait pas. D'ailleurs, était-il seulement capable d'aimer ?

Mais elle comprenait maintenant que, bien malgré elle, elle avait fait quelque chose de vraiment stupide.

Elle était tombée amoureuse de son futur mari.

L'intérieur du palais était tout aussi grandiose que l'extérieur : au centre de l'entrée dallée de marbre blanc, où les accueillit une harpiste, s'élevait un escalier imposant, en marbre rose. Comme un bruit diffus leur parvenait, Matthias expliqua :

— La réception se tient sur la terrasse.

— D'accord.

Elle hocha la tête, mais son esprit était encore plein de la révélation qu'elle venait d'avoir. Elle ne pouvait pas l'aimer, c'était impossible. Elle devait confondre le désir et l'amour, comme à New York. Elle le connaissait à peine !

Et pourtant, elle était bel et bien tombée amoureuse d'un homme qui ne voyait l'amour que comme une entrave et n'en faisait pas mystère. Quelle idiote !

— Ça va ? demanda-t-il de nouveau.

— Oui, répondit-elle en fuyant son regard.

— S'il te plaît, Frankie, ne t'inquiète pas pour Leo. Je vous protégerai, tous les deux.

Elle leva vivement les yeux vers lui et hocha la tête. Si seulement il avait connu la vraie raison de son mutisme !

Ils gravirent l'escalier monumental sans mot dire, et ce ne fut qu'une fois arrivée en haut qu'elle se rendit compte que, comme il l'avait prédit, elle remarquait maintenant à peine la présence des serviteurs en tenue d'apparat.

Sur le palier, quatre gardes se tenaient de part et d'autre d'une énorme porte en bois à deux battants, sculptée de scènes qu'elle aurait aimé avoir le temps d'étudier. À leur approche, les gardes s'inclinèrent profondément avant de saluer, avec une synchronisation parfaite.

— La police ! piailla Leo.

L'un des gardes ne put retenir un sourire.

Un autre prit un grand sceptre en or et frappa trois coups sur les portes en bois, qui s'ouvrirent comme par magie sur la terrasse où étaient rassemblées des centaines de personnes.

Matthias passa de nouveau son bras autour de la taille de Frankie et l'entraîna dans l'espèce de corridor aménagé au milieu de la foule. Tout le monde se taisait – sauf Leo.

— Des gens ! s'écria-t-il joyeusement. Plein de gens, maman !

Des rires s'élevèrent. Leo posa ses petites mains potelées sur ses yeux et les écarta vivement en criant :

— Coucou !

Frankie leva vers Matthias un regard impuissant.

— Et dire que je craignais qu'il ait peur, chuchota-t-il.

— Apparemment, notre fils est une bête de scène, convint-elle en riant.

Quand les conversations eurent repris un cours normal et qu'elle ne fut plus l'objet de l'attention générale, Frankie observa la terrasse plus en détail et remarqua un objet qui lui sembla familier, puis détonnant.

— Mes peintures sont ici ! souffla-t-elle, abasourdie.

En effet, certains de ses tableaux étaient accrochés au mur opposé, dans la lumière magnifique du soleil couchant.

— Mais comment... ?

Le regard de Matthias était indéchiffrable.

— Tu ne peux plus vendre tes œuvres, Frankie. On dirait que tu tires profit de ton statut de reine. Mais le monde ne doit pas être privé de ton talent.

— Mais... Elles devaient être exposées à New York...

Il acquiesça.

— Je les ai toutes achetées. L'exposition ne pouvait pas se poursuivre alors que nos fiançailles étaient annoncées.

— Mais pourquoi les avoir achetées ? Si tu me l'avais dit, j'aurais appelé Charles et...

— Et tu l'aurais privé de sa commission ? Il avait choisi de montrer ton travail, il méritait d'en être récompensé.

Elle fut aussi troublée par cette attention que par le compliment.

— Je ne me doutais pas...

— C'était bien mon intention.

Le geste était tellement gentil, tellement inattendu, que l'espoir s'épanouit dans son cœur.

— Merci, dit-elle. Je suis vraiment touchée.

Comme s'il sentait qu'elle risquait d'en faire trop grand cas, il se redressa.

— J'ai fait ce que je devais faire, Frankie. Tes toiles méritent d'être vues, et leur place est ici.

L'explication, bien que parfaitement rationnelle, n'enlevait pas toute la beauté de son geste. Elle ne parvenait pas à croire qu'il n'avait été motivé que par le pragmatisme. Il devait bien y avoir un soupçon d'autre chose…

Après tout, chaque toile était un produit de son âme. Apprécier, aimer ses œuvres, revenait à l'aimer, elle.

— Viens, *deliciae*, reprit-il. Ils ont tous hâte de faire ta connaissance. J'espère que tu n'es pas trop fatiguée.

Après avoir été présentée au Premier ministre, elle passa trois heures à parler avec un nombre incalculable de gens. Matthias ne la quitta pas un instant. Il la tenait toujours par la taille, lançant des flèches de désir au plus profond de son être.

Quand vint le moment de prendre congé, elle était épuisée. Mais le soupçon d'espoir qui était né dans son cœur refusait de mourir.

Dans une semaine, elle allait épouser l'homme dont elle était tombée amoureuse, et elle refusait de se résigner à ce qu'il ne lui rende jamais son amour. Elle ne pouvait pas lui reprocher d'avoir emprisonné son cœur dans une gangue de glace à la suite de la tragédie qu'il avait traversée, mais elle était déterminée à la faire fondre.

10

Matthias regarda Frankie, qui revenait dans leur chambre après avoir passé un long négligé de soie.

— Tu t'en es bien sortie, ce soir.

Au mépris de toutes les règles du protocole, il l'avait tenue par la taille pendant toute la soirée, parce qu'il ne pouvait pas s'empêcher de la toucher. Et il n'en revenait pas.

Il n'avait d'abord cherché qu'à la rassurer parce que, bien qu'elle s'en défende, il avait senti qu'elle était nerveuse. Mais quand elle avait commencé à déployer tout son charme et à discuter avec les invités dans un *tolmirón* hésitant, il avait ressenti autre chose. Une émotion sombre et parfaitement déplacée : de la jalousie.

Chacun des invités avait voulu qu'elle lui accorde un peu de temps et d'attention, ce qu'elle aurait volontiers fait pendant trois heures de plus s'il n'avait pas clôturé la soirée en prononçant son discours. Quand il l'avait regardée tout en lisant les dernières phrases, il avait remarqué que la brise du soir entraînait ses cheveux vers la mer, comme si l'eau et le vent savaient que sa place était ici, à Tolmirós.

Il plissa les yeux, agacé par la profondeur de ses pensées et de ses sentiments, et les réduisit au silence.

— Je me suis amusée, dit-elle simplement. Apparemment, j'aime qu'on s'intéresse à moi.

Il haussa un sourcil, mais la réponse qu'il s'apprêtait à faire lui sortit de l'esprit quand elle leva les bras pour rassembler ses longs cheveux ondulés dans un chignon flou. Ses seins pointèrent vers l'avant, sous la soie de sa chemise de nuit.

Sans s'apercevoir qu'il l'observait, elle reprit :

— Tu as peut-être créé un monstre.

C'était bien ce qu'il avait fait, oui... Une fois encore, il se sentait devenir la proie d'une véritable obsession.

Mais cette fois, c'était bien pire parce que son corps la désirait nuit et jour, avec une intensité qu'il n'avait pas connue depuis l'adolescence. Et cette soirée lui avait appris que ce n'était pas tout : il voulait être l'unique objet de son attention. Il voulait qu'elle ne parle, ne rie et ne compatisse avec personne d'autre que lui.

C'était là des sentiments dangereux, qu'il rejeta parce qu'ils n'avaient pas leur place dans sa vie.

— Je plaisante, dit-elle, l'air soudain intrigué. Je veux juste dire que ce n'était pas aussi effrayant que je le pensais.

— Tu es faite pour ça, remarqua-t-il.

— Tu le penses vraiment ?

Devant ses doutes, il ressentit le besoin impérieux de la couvrir d'éloges pour faire taire son incertitude, mais le réprima. Elle y aurait vu une promesse, et il ne voulait lui en faire aucune, parce qu'il ne pourrait pas la tenir.

— Oui, répondit-il seulement. Et toute la semaine ne sera qu'une succession d'obligations du même genre.

— Vraiment ?

— Les diplomates et les dignitaires vont bientôt arriver pour présenter leurs hommages à la future reine. Tu devras honorer beaucoup de rendez-vous.

— Je sais, dit-elle pensivement. C'est ce qu'on m'a dit.

— Et cela ne t'inquiète pas ?

— Non. Je ne suis pas timide, Matthias. Je n'ai pas peur de parler à des étrangers.

Elle sourit et le ventre de Matthias se noua.

— C'est ce que j'ai pu constater ce soir.

Son sourire s'évanouit. Bon sang... Ces mots avaient tout d'un reproche. Il était incapable de dissimuler sa jalousie.

— Mais c'est une bonne chose, non ?

Elle traversa la pièce pour se servir un verre d'eau.

— Oui, dit-il enfin d'un ton bourru.

Elle revint vers lui d'un pas souple et léger. Quand elle s'assit sur le lit, les yeux de Matthias se posèrent sur ses bras à la peau lisse et bronzée, et il se retint à grand-peine de la toucher. Elle inclina la tête et remarqua :

— Les gens sont en admiration devant toi.

— Je suis leur roi, dit-il simplement.

— Je sais... Et ce soir, tu en avais vraiment l'apparence.

— Parce que ce n'est pas toujours le cas ?

— Si, parce que être roi fait partie intégrante de toi. D'ailleurs, je ne comprends toujours pas pourquoi tu ne m'as rien dit, il y a trois ans.

— C'était la première fois que je rencontrais quelqu'un qui ne me reconnaissait pas, dit-il avec sincérité. J'ai découvert que j'aimais être traité comme n'importe quel homme.

— Pas comme n'importe quel homme, non, répondit-elle, d'une voix si basse que la brise manqua l'emporter.

Ensuite, ses yeux vert océan se plantèrent dans les siens et quelque chose remua en lui.

— Tu ne ressemblais à aucun des hommes que j'avais rencontrés. Tu étais tellement irrésistible.

Elle le dévisageait, l'examinait de cette façon qui lui était propre, comme si elle cherchait à lire en lui.

— Ce n'était que du désir, dit-il avec dédain. Une simple attirance sexuelle.

Pour appuyer ses dires, il prit sa main, la porta à ses lèvres et déposa un baiser sur son poignet, où il sentit palpiter son pouls. En retenant son regard, il embrassa ensuite sa paume, puis son pouce, qu'il mordilla.

— C'était plus que ça, dit-elle d'une voix étranglée.

— Le désir est une drogue puissante, rétorqua-t-il, agacé. Surtout pour quelqu'un qui n'a aucune expérience.

— D'autres hommes m'avaient attirée avant toi, fit-elle en détournant les yeux. J'avais déjà fantasmé sur...

Une nouvelle bouffée de jalousie le gagna, tout aussi malvenue que les autres.

— Mais avec toi, c'était différent. C'était comme si tu rassemblais toutes les parties qui me composent. J'avais l'impression d'avoir autant besoin de toi que d'air et d'eau.

— C'est ainsi que cela devrait être, chuchota-t-il.

Il avait ressenti exactement la même chose.

— Que veux-tu dire ?

— Quand tu fais l'amour avec quelqu'un, ce devrait être parce que ton désir est assez puissant pour te faire tomber à genoux.

Il posa sur elle un regard chargé de tout le désir qu'elle lui inspirait en cet instant.

— Est-ce que tu as déjà ressenti ça pour d'autres femmes ? demanda-t-elle, le rouge aux joues.

La question trahissait un espoir tellement brut qu'il en eut mal. S'il lui avouait qu'il n'avait jamais éprouvé un désir tel que celui qu'elle lui avait inspiré cette nuit-là, elle entendrait une promesse dans son aveu. Alors, parce que c'était mieux pour elle, il lui mentit.

— Oui.

Il eut envie de l'embrasser pour lui montrer que rien n'était plus important que le désir qui les unissait. Mais parce qu'il fallait qu'il respecte les sentiments qu'elle avait clairement exprimés, il conclut, simplement :

— C'est ça qui rend le sexe aussi agréable.

Le rêve de Matthias l'avait de nouveau entraîné dans la voiture en flammes, où flottait l'odeur atroce de chair et de cheveux brûlés.

Comme à chaque fois, il tira sur sa ceinture de sécurité, mais elle ne céda pas.

À l'avant de la voiture, ses parents étaient morts. Sa poitrine se serra quand il posa sur eux des yeux irrités par la fumée, quand il vit le beau visage de sa mère figé dans un masque d'horreur.

Il se tourna vers Spiro, priant pour se réveiller, regrettant de ne pouvoir revenir dans le passé, jusqu'à la réalité qui avait engendré ce rêve, et faire quelque chose. Mais il savait qu'il était condamné à revivre, encore et encore, la tragédie à la suite de laquelle il s'était retrouvé seul au monde.

Sauf qu'au lieu du visage ensanglanté de Spiro il vit ceux de Frankie et de Leo.

La nausée le gagna. Malgré son bras cassé, il tira de nouveau sur la ceinture, mais en vain. Il jura, appela Frankie, mais elle ne bougea pas – pas plus que Leo, si petit, si frêle.

Il tendit le bras vers elle et ses doigts se refermèrent sur ses fins cheveux blonds, collés par le sang.

— Frankie !

Il se remit à lutter désespérément contre sa ceinture de sécurité, mais rien ne changea. Il ne pouvait pas l'aider. Le cœur déchiré par le désespoir, il cria :

— Frankie !

Elle releva la tête et le regarda, mais ses yeux étaient devenus gris, comme ceux de Leo, comme ceux de Spiro.

— Tu ne peux pas nous sauver, dit-elle. Laisse-nous partir. Laisse-moi partir.

Matthias se réveilla en sursaut, le front moite de transpiration, et se tourna vers Frankie, qui dormait profondément. Il faillit crier en la voyant inerte, mais son rêve se dissipait déjà.

— Frankie.

Il la secoua doucement, et elle ouvrit les yeux.

— Matt ? demanda-t-elle d'une voix ensommeillée. Qu'est-ce qu'il y a ? Est-ce que c'est Leo ?

Sa respiration revenait lentement à la normale. Il la dévisagea pendant plusieurs secondes, pour se convaincre qu'elle allait bien, et secoua la tête.

— Rendors-toi, Frankie. Tout va bien.

Frankie fixait le petit pansement blanc collé sur le bras de son fils avec une rage et une impuissance grandissantes.

— Liana, dit-elle très doucement, qu'est-ce que c'est que ça ?

— Le docteur, répondit la nounou en fuyant son regard.

— Je vois.

Elle allait se marier le lendemain matin, après une semaine épuisante au cours de laquelle elle n'avait pu consacrer autant de temps à son fils qu'elle l'aurait voulu. Mais elle s'était promis que leur vie retrouverait toute sa normalité dès la fin du mariage... Du moins, une certaine forme de normalité.

Leo leva ses grands yeux gris vers elle et montra son bras.

— J'ai un bobo, dit-il. Un gros bobo.

Le cœur de Frankie se fêla.

— Je te crois.

Elle l'embrassa sur la joue. Quand il fut retourné à son dessin, elle se redressa et regarda Liana.

— Excusez-moi.

Elle tourna les talons, sortit vivement de la pièce et marcha jusqu'à trouver un garde.

— Où est Matthias ? Où est le roi ?

Sa colère devait se lire sur son visage, parce que le garde sembla surpris.

— Ah, il est... occupé, s'excusa l'homme.

Elle se dressa de toute sa taille et répéta :

— Où est mon fiancé ?

Le garde dit quelques mots dans le petit boîtier qu'il portait au poignet. Une voix lui répondit et il hocha la tête.

— Il est dans le jardin ouest. Je vais vous y conduire.

Elle était trop furieuse pour le remercier, fût-ce d'un sourire.

Comment Matthias avait-il osé prendre le sang de Leo, sans même le lui dire ? Qu'il aille au diable, avec son test ADN !

Bouillant toujours de rage, elle traversa le palais sur les pas du garde. Ils passèrent par d'immenses portes vitrées pour gagner un magnifique jardin, planté de chênes et de fleurs, et agrémenté d'un court de tennis où Matthias frappait les balles que lui envoyait une machine. Elle balaya rapidement les alentours du regard – elle était devenue très douée pour repérer les gardes du corps.

— Veillez à ce qu'on nous laisse seuls, ordonna-t-elle.

Elle se moquait qu'on l'entende passer un savon au roi, mais elle savait que la présence d'un auditoire l'inciterait à se retenir, ne fût-ce qu'un peu, et elle ne serait satisfaite que si elle pouvait laisser libre cours à sa rage.

— Très bien, madame.

Le garde s'inclina et dit quelques mots dans le boîtier. Deux autres gardes apparurent.

Frankie ferma les yeux jusqu'à ce que les hommes soient rentrés dans le palais. Elle voyait l'aiguille qui s'était enfoncée dans le petit bras de son fils pour aspirer son sang, dans le seul but de confirmer une paternité qui sautait aux yeux. Gagnée par un surcroît de rage, elle traversa la pelouse d'un pas vif et ouvrit sans douceur le portail du court de tennis.

Une balle de tennis fusa de la machine et Matthias la renvoya par-dessus le filet.

— J'ai un mot à te dire, lança-t-elle en s'approchant de la machine. Comment est-ce qu'on arrête ce fichu machin ?

Il sortit un petit boîtier de sa poche, appuya sur un bouton et la machine s'arrêta.

— Oui ?

Elle avait envie de le secouer jusqu'à ce que son visage exprime quelque chose.

— Tu as fait prélever le sang de mon fils, sans même me prévenir.

Il traversa le court de tennis d'un pas léger. Vêtu d'un

short et d'un T-shirt blanc qui moulait son torse puissant, il transpirait sous le soleil de plomb.

— Je t'ai prévenue, répondit-il.

Il appuya sa raquette contre le filet et s'approcha d'elle. Il la dévisagea pendant quelques instants avant de poser les yeux sur son corps, puis de revenir à son visage.

— Quand ça ? Quand est-ce que tu m'as dit que tu allais demander à un médecin d'accomplir un acte aussi… invasif ?

— Ce n'était qu'une petite piqûre, rectifia-t-il en fronçant légèrement les sourcils. Son bras a été anesthésié et Liana a dit qu'il n'avait rien senti…

— Mon Dieu ! coupa-t-elle, abasourdie. Tu n'étais même pas avec lui ?

Il se fendit d'un rire bref et sec.

— Mon emploi du temps est plutôt chargé, *deliciae*.

— C'est ton fils ! cria-t-elle.

Elle posa les deux mains sur son torse et le poussa, mais il ne bougea pas d'un centimètre. Elle laissa échapper un son guttural et poussa de plus belle.

— J'en suis conscient, dit-il calmement. Et je t'ai expliqué pourquoi ce test sanguin était nécessaire.

— Mais tu ne m'as pas prévenue qu'il allait avoir lieu. Je suis sa mère ! Chaque fois qu'il a dû subir une intervention, j'ai toujours été là !

Son cœur était comme enserré dans un étau de douleur.

— À chaque fois qu'il a eu mal à la tête ou qu'il a saigné du nez, pour chaque piqûre, j'étais là et je lui tenais la main. Comment as-tu osé ne rien me dire ?

— Calme-toi, Frankie. Ce n'est pas bien grave.

— Pas bien grave ?

Elle lui jeta un regard noir et commença à lui frapper le torse des deux poings. Il la regarda pendant quelques instants avant de saisir ses poignets, mais elle ne se calma pas pour autant. Elle frappa le sol du pied et chercha à le griffer, mais il la tenait bien trop fermement. Alors, elle lui fonça dedans. Il referma ses bras sur elle et la plaqua contre lui.

— Lâche-moi ! hurla-t-elle. Comment as-tu pu faire ça ? Qu'est-ce qui t'a fait croire que tu avais le droit de prendre le sang de mon fils ?

— C'est aussi mon fils. Et tu as compris pourquoi il était nécessaire que...

— Ce n'est pas ton fils !

Pris de court, Matthias relâcha sa prise. Elle bondit en arrière, haletante, et le poussa une dernière fois.

— Comment peux-tu dire que Leo est ton fils, alors que tu le traites avec autant de mépris ? Tu as demandé à un médecin de pratiquer sur lui un acte terrifiant, et tu ne l'as même pas accompagné. Tu n'es qu'un idiot sans cœur !

Un muscle tressauta dans sa mâchoire, mais il continua à la dévisager sans mot dire.

— Tu ne ressens vraiment rien, c'est ça ? insista-t-elle.

Un tourbillon d'émotions se déchaînait en elle. S'il manquait de sensibilité, elle en avait pour deux.

— Mon Dieu, reprit-elle, le cœur lourd, que j'ai été bête de penser que tu pourrais changer...

Il grommela quelques mots indistincts, s'approcha d'elle et la saisit par la taille pour l'attirer contre lui. Avant même qu'elle ait pu deviner quelle était son intention, il plaqua ses lèvres sur les siennes et l'embrassa avec force, comme pour la punir.

Un gémissement de colère monta dans sa gorge et elle lui rendit son baiser avec autant d'intensité que lui, désireuse de le punir à son tour. Exacerbés par la colère, tous ses sentiments échappaient maintenant à son contrôle.

Elle était furieuse, mais elle ne voulait pas ignorer le désir qui palpitait en elle. Elle voulait s'en servir pour faire taire sa fureur !

— Je te déteste, dit-elle.

Et en cet instant, c'était vrai.

D'un geste vif, il se pencha et la souleva. Quand elle enroula les jambes autour de sa taille et sentit son excitation, son corps se vida de toute force.

— Je te déteste, répéta-t-elle.

Mais elle posa la bouche à la base de son cou et embrassa sa peau nue.

— Très bien, dit-il d'une voix résignée. Déteste-moi.

Elle sentait les émotions de Matthias dans chacune des caresses désespérées de sa langue, dans la fermeté avec laquelle il la retenait contre lui, dans la force de son désir. Il éprouvait des sentiments… mais il ne savait pas quoi en faire.

Et elle s'en moquait. Tout son bon sens l'avait quittée. Elle ne pouvait plus réfléchir. Seulement ressentir, et le désirer.

Elle se tortilla dans ses bras. Il la reposa aussitôt par terre et chercha son regard. Sans y prêter attention, elle tira sur son short. Il l'enleva, ainsi que ses chaussures, avant de faire glisser sa culotte le long de ses jambes d'un geste impatient. Une fois libérée du sous-vêtement, elle voulut descendre la fermeture Éclair de sa jupe, mais n'en eut pas le temps : il l'avait de nouveau soulevée de terre. Dans le regard intense qu'il posait sur elle, elle lut une question.

Sa colère et son désir avaient chassé tous ses doutes. Elle jura à mi-voix et hocha la tête. Il la déposa sur son sexe et elle le sentit s'enfoncer en elle. Elle laissa échapper un gémissement qui s'amplifia quand les plaisirs qu'elle s'était interdits depuis si longtemps commencèrent à emplir son corps. Elle savourait l'intensité de leur union, la façon parfaite dont leurs deux corps se fondaient pour ne plus en faire qu'un.

Une main derrière sa tête, l'autre plaquée sous ses fesses, il commença à aller et venir en elle. Mais ce n'était pas suffisant. Avec un cri étouffé, elle plaqua une main sur son torse et le repoussa. Il posa sur elle un long regard troublé, perplexe.

— Allonge-toi, ordonna-t-elle.

Quand il se retira, elle fut gagnée par une impression dévastatrice de vide. Mais dès qu'il fut allongé sur le gazon, ils ne firent de nouveau plus qu'un. Assise sur lui, ondulant des hanches, elle le regarda pâlir et respirer de plus en plus vite, et se sentit investie d'une puissance indescriptible. Elle fut gagnée par un sentiment de triomphe. Et pourtant... Elle avait perdu. C'était lui qui avait gagné. Il disait vrai : ce n'était que du sexe.

Elle chassa cette pensée qui éveillait en elle des émotions inutiles et malvenues, et s'immobilisa.

— Dis-moi que ça ne veut rien dire, lança-t-elle sur un ton de défi.

Les yeux étincelants de Matthias se rivèrent aux siens.

— Dis-moi maintenant, pendant que tu es en moi, que ce que nous faisons ne veut rien dire. Que je ne veux rien dire.

La profondeur de son chagrin rivalisait avec l'intensité de son désir. Des larmes brûlantes lui échappèrent et dévalèrent ses joues. Sans se retirer d'elle, Matthias la saisit par les poignets, la fit rouler sur le dos et commença à bouger en elle avant de l'embrasser.

Matthias était un amant expérimenté. Malgré les émotions qui se déchaînaient dans sa poitrine, une vague enfla en elle, la portant jusqu'aux frontières de la raison, la faisant basculer dans la folie. Elle s'agrippa à ses épaules et il la pénétra plus profondément. Et ce fut en criant son nom, encore et encore, qu'elle s'abandonna totalement.

Mais elle n'eut pas le temps d'analyser ce qui venait de se passer. Il embrassa sa gorge et glissa ses mains sous son chemisier pour les poser sur son soutien-gorge en dentelle.

Consumée par le plaisir, elle l'embrassa passionnément et ils basculèrent ensemble par-dessus les limites du monde tel qu'ils le connaissaient. Quand il explosa, il l'entraîna avec lui dans un orgasme dévastateur.

Et parfaitement inévitable, comme il l'avait toujours dit.

11

La folie qui les avait réunis se dissipa rapidement, ne laissant dans son sillage que regrets et confusion. Dans un autre monde, Frankie aurait volontiers passé toute la journée allongée sous Matthias, caressant son dos, le sentant, le désirant de nouveau. Mais maintenant que la brume sensuelle qui l'entourait se dissipait, sa fureur reprit le dessus.

— Je n'arrive pas à croire que tu aies fait ça.

Il s'appuya sur les coudes et la regarda. Dans ses yeux, elle lut une émotion qu'elle ne put comprendre.

— Tu étais… Tu en avais envie, toi aussi.

Son ventre se noua.

— Je ne parle pas du sexe. Je parle du test sanguin.

Il sembla soulagé. Il se leva et elle fit de même, ignorant la main qu'il tendait pour l'aider. En avisant le désordre de sa tenue, elle lui décocha un regard furieux, rajusta sa jupe et y rentra son chemisier. Quant à sa culotte, elle était à l'autre bout du court. Elle refusa de s'humilier en allant la chercher.

Il poussa un soupir.

— Mon Parlement l'exige. Nous en avons déjà discuté. Et de toute façon, ce qui est fait est fait. Inutile de nous disputer.

Pour lui, c'était aussi simple que ça. Comme leur mariage. Comme tout le reste.

— Tu es incroyable, marmonna-t-elle.

Elle posa sur le palais de conte de fées un regard enfin lucide.

— Je pensais que ce mariage avait une raison d'être,

chuchota-t-elle en fermant les yeux. Je pensais que je pourrais le supporter. D'ailleurs, peut-être que je le peux.

Pourtant, elle voyait déjà que le sexe avec Matthias serait pour elle comme une drogue, qui la détruirait un peu plus à chaque fois.

— Mais Leo... Il mérite tellement mieux.

Un silence pesant, chargé de colère et d'incrédulité, accueillit ses paroles. Quand elle rouvrit les yeux, elle vit que Matthias s'efforçait de calmer sa respiration.

— Nous nous marions demain, *deliciae*, dit-il enfin.

— Mais nous ne serons jamais une famille, n'est-ce pas ?

— Tu seras mon épouse, et Leo est mon fils...

— Bien sûr que oui. Il le sera quand tu auras les résultats du test ADN.

Le visage de Matthias s'assombrit.

— Le test ne vise qu'à satisfaire mon Parlement. Je n'ai pas besoin de ça pour savoir que Leo est mon fils.

Il parlait d'une voix douce, peut-être dans l'espoir de la calmer, mais c'était impossible.

— Tu ne m'aimeras jamais, n'est-ce pas ? demanda-t-elle carrément.

Pendant un bref instant, il sembla comme pris de panique. Frankie retint son souffle et attendit, pleine d'un espoir imbécile. Enfin, il secoua la tête.

— Je t'ai toujours dit que l'amour ne faisait pas partie de notre arrangement.

Ces mots la blessèrent plus qu'ils l'auraient dû, surtout après ce qui venait de se passer.

— Et ce sera toujours le cas ?

Elle cherchait vraiment le bâton pour se faire battre... mais elle avait besoin qu'il soit totalement honnête avec elle.

— Oui.

Il était tellement sûr de lui !

— Autrement dit, ce qui vient de se passer ne veut rien dire pour toi ?

Sa mâchoire se crispa et il détourna les yeux sans répondre. Elle devina que son silence équivalait à une confirmation et son cœur se brisa.

— Et Leo ? insista-t-elle. Tu l'aimes, n'est-ce pas ?

Sa réponse se fit attendre pendant tellement longtemps que tous ses espoirs s'effondrèrent.

— C'est mon fils, dit-il enfin.

Des remous paniqués troublaient son regard.

— Pour l'amour de Dieu, lança-t-elle, c'est un petit garçon, pas une de tes fichues possessions !

La rage qui l'habitait lui faisait oublier son aversion pour les jurons.

— Ce n'est pas un objet que tu peux poser sur une étagère ! Leo est un petit garçon qui se fiche pas mal de ton trône, de tes traditions et de ton foutu cœur de pierre ! Tout ce qu'il veut, ce sont des parents qui l'aiment, qui jouent avec lui et qui sont fiers de lui !

Un muscle tressauta dans la mâchoire de Matthias.

— Ce n'est pas ainsi que se déroule la vie de la famille royale.

Il avait parlé avec une lenteur délibérée, cherchant visiblement à maîtriser la colère qui montait en lui.

— Qui en a décidé ainsi ? demanda-t-elle. À quoi a ressemblé ton enfance ? Elle ne peut pas avoir été aussi sinistre que celle que tu réserves à Leo.

— Que sais-tu de mon enfance ? rétorqua-t-il avec un calme trompeur.

— Rien. Mais je sais ce qu'a été la mienne. Mes parents m'ont toujours aimée, même quand je ne leur donnais aucune raison de le faire.

Elle étrécit les yeux.

— J'ai été abandonnée par des gens qui fermaient leur cœur aussi facilement que tu sembles le faire, et je ne veux pas que Leo ressente un jour ce que j'ai ressenti.

— Par qui as-tu été abandonnée ?

— Par mes parents biologiques, répondit-elle en lui tournant le dos.

— Tu as été adoptée ? fit-il d'une voix dénuée d'émotion.

— Oui.

— Pourquoi ne m'en as-tu jamais parlé ?

— Parce que l'occasion ne s'est jamais présentée. Et parce que je... je dois vivre avec cette honte.

Elle se tourna vers lui et se plaqua une main sur le cœur.

— Depuis toujours, je sais que les personnes qui auraient dû m'aimer le plus ne me désiraient pas.

Une lueur de compassion traversa le beau visage de Matthias.

— Je regrette que tu ne me l'aies pas dit plus tôt.

— Pourquoi ? chuchota-t-elle. Qu'est-ce que ça aurait changé ?

Il la regarda longuement avant de s'approcher d'elle. Elle se raidit aussitôt parce que sa colère, comme son chagrin, ne pouvait être apaisée.

— C'est une partie de toi, qui a contribué à faire de toi la femme que tu es. Je vois que tu en souffres, et j'aurais aimé en discuter avec toi, te convaincre que tu ne dois pas souffrir à cause d'une décision prise par deux personnes il y a vingt-quatre ans.

— On dirait que tu essaies de me vendre une maison, marmonna-t-elle en secouant la tête. Alors que je te dis que mes propres parents ne voulaient pas de moi.

Elle leva vers lui des yeux aussi durs que du silex.

— Imagine ce que j'ai pu ressentir, et tu comprendras que je veux que Leo ne connaisse jamais cette douleur.

— Beaucoup de parents proposent leur enfant à l'adoption, remarqua-t-il calmement, et c'est souvent pour son bien. N'as-tu jamais pensé que tes parents n'avaient peut-être voulu que ton bonheur ?

— Bien sûr que si ! répondit-elle d'une voix vibrante d'émotion. J'ai passé toute ma vie à essayer de comprendre pourquoi ma propre mère n'avait pas voulu de moi. Quelle que soit l'erreur commise par mes parents biologiques, j'étais décidée à ne pas la reproduire.

Son regard se fit distant.

— J'ai toujours pensé que le père de mes enfants serait un homme avec lequel je pourrais passer le restant de mes jours. Un homme qui m'aimerait trop pour me laisser partir, et qui aimerait mes enfants comme s'ils étaient sa raison de vivre. Je pensais que j'allais finir par tomber amoureuse et me marier, et que j'aurais enfin l'impression...

Elle dut prendre une inspiration pour étouffer un sanglot.

— Je pensais que j'aurais l'impression d'être désirée.

— *Deliciae*...

Mais que pouvait-il dire ? Il ne la voulait que parce qu'elle était la mère de son fils. Il avait toujours été clair sur ce point.

— Et ensuite, reprit-elle, je t'ai rencontré et j'ai oublié que je voulais rester vierge jusqu'à mon mariage. Quand j'ai découvert que j'étais enceinte, je me suis résignée à devoir élever mon enfant seule.

Elle essuya rageusement les larmes qui emplissaient ses yeux.

— Ce n'était pas ce que je voulais, mais j'ai pensé que je pouvais quand même offrir le meilleur à Leo. Et mes parents étaient là pour me soutenir.

Matthias l'écoutait attentivement.

— Jamais je n'aurais cru que mon fils serait l'héritier d'un homme incapable de lui donner l'amour qu'il mérite.

Cette fois, quand les larmes roulèrent sur ses joues, elle ne prit pas la peine de les éponger. Elle regarda Matthias et attendit.

— Je ne t'ai jamais menti, dit-il enfin.

— Je le sais, répondit-elle, résignée. J'ai toujours su que tu ne m'aimerais sans doute jamais et que, si j'acceptais ta proposition, je me condamnais à vivre le sort que je m'étais toujours juré d'éviter. Toi et ce mariage... Voilà tout ce que je n'ai jamais voulu connaître.

Elle se redressa, et carra les épaules.

— Mais pour donner à Leo le père qu'il mérite, j'étais prête à me sacrifier. Qu'importait mon bonheur, alors que je pensais pouvoir lui donner tout ce qu'il devrait avoir ?

Le visage de Matthias demeura de marbre.

— Et de quoi manquera-t-il ici, avec moi ? Il est le prince de la Couronne de Tolmirós. Il ne manquera de rien.

— Allons, Matthias, ne sois pas aussi obtus. Les enfants se moquent des *possessions*. Ils se moquent du *pouvoir*. Tout ce que veut Leo, c'est qu'on l'aime.

— Je m'occuperai de mon fils de mon mieux, et tu le sais. Je t'ai dit que je le protégerai jusqu'à mon dernier souffle...

Elle frissonna.

— Est-ce que tu crois que ce sera suffisant ?

— Il le faudra, répondit-il, les yeux étincelants. C'est tout ce que je peux offrir.

Il avança vers elle. Il était tellement près qu'elle pouvait voir les petites paillettes argentées qui parsemaient ses yeux gris.

— Je suis ce que je suis, reprit-il. Je ne t'ai jamais menti, et je ne te mentirai jamais. Je me suis bien gardé de te faire des promesses que je ne pourrais pas tenir.

Elle mordit sa lèvre inférieure pour l'empêcher de trembler.

— Je donnerai à notre fils un foyer et un avenir. Nous l'élèverons ensemble, comme je l'ai toujours dit. C'est mon fils, l'héritier de mon trône. Notre relation est un sujet entièrement séparé.

— Non, rétorqua-t-elle. Les deux sont indissociables.

Il posa une main sur sa joue et caressa ses lèvres du pouce.

— Tu es vexée parce que je ne te dis pas que je t'aime, dit-il calmement. Et tu parles de Leo pour me blesser.

— Non ! rétorqua-t-elle. Jamais je ne me servirais ainsi de notre fils.

Mais il ne céda pas.

— Je me demandais pourquoi tu étais aussi idéaliste, pourquoi une aussi jolie jeune femme que toi se privait des plaisirs du sexe. Maintenant, je comprends. Tu recherches une garantie de sécurité, l'assurance que tu ne seras plus jamais abandonnée. Et tu as pensé l'obtenir en restant vierge jusqu'à ton mariage.

Elle inspira vivement devant la finesse de l'analyse.

— Parce que tu as été adoptée, tu veux toujours choisir l'option la plus sûre.

Elle voulut le contredire, mais les mots restèrent bloqués dans sa gorge.

— Ne vois-tu pas qu'un mariage de raison est plus sûr qu'une union dictée par les sentiments ? Les sentiments finissent toujours par se ternir, par changer. Ne vois-tu pas que ce que je t'offre est précisément ce que tu recherches ?

Frankie se sentit blêmir, mais elle soutint bravement son regard.

— Si c'est ce que tu crois, tu ne me connais vraiment pas.

12

— Est-ce que tu penses que je voulais ce mariage ? demanda Matthias.

— Je sais bien que non.

La douleur qu'il lut sur le visage de Frankie manqua lui briser le cœur.

— J'aimerais vraiment que tu puisses avoir tout ce que tu viens de décrire. Je regrette que tu n'aies pas rencontré un homme qui te mérite.

Parce que c'était la vérité : il n'était pas digne d'elle, et ne l'avait jamais été.

— Je regrette que tu m'aies rencontré il y a trois ans, et de ne pas t'avoir laissée tranquille comme je l'aurais dû.

Il grinça des dents.

— Bon sang, Frankie ! Je regrette de devoir t'épouser, alors que je sais que c'est la dernière chose que tu veux !

— Alors, pourquoi le fais-tu ? demanda-t-elle à mi-voix.

— Tu le sais très bien, dit-il fermement. Leo est mon fils et mon héritier. Il doit grandir ici, auprès de sa mère.

Un petit son échappa à Frankie – peut-être un sanglot.

— Je ne peux pas vivre avec toi, dit-elle en reculant d'un pas.

— Pourtant, tu le dois. Nous n'avons pas le choix : nous devons nous marier.

Elle acquiesça et le regarda avec intensité. Elle faisait tant d'efforts pour sembler forte qu'il se sentit encore plus mal.

— J'en suis consciente. Je ne veux pas priver mon fils d'un privilège qu'il choisirait sans doute lui-même de revendiquer.

Il inclina la tête, lui cachant ainsi son expression sinistre.

— Quand tu m'as proposé ce mariage, tu m'as dit que je pourrais vivre dans un autre palais, reprit-elle.

— Mare Visum, oui.

Il se rappelait cette conversation et cette promesse faite en toute bonne foi. À l'époque, il se moquait de l'endroit où elle choisirait de vivre. Mais maintenant, c'était différent. Et il eut envie de revenir sur sa parole.

— Leo et moi nous y rendrons après le mariage, dit-elle d'une voix qui tremblait à peine.

— Tu comptes t'enfuir ?

— J'essaie seulement de tout faire pour que notre arrangement fonctionne, répliqua-t-elle avec impatience. Si j'avais voulu m'enfuir, je l'aurais déjà fait. Crois-moi.

Cette réponse lui inspira un surcroît de respect pour elle. Après tout, il était parfaitement logique que Frankie et Leo s'installent dans un autre palais. Ils y seraient heureux, auraient tout le temps de se faire à leur nouvelle vie et, de son côté, il pourrait poursuivre le cours de son existence.

Alors, pourquoi avait-il tellement envie de lui dire qu'il n'accepterait jamais que son épouse et son enfant ne résident pas dans le même palais que lui ?

— Très bien, s'empressa-t-il de répondre, terrifié. Comme tu veux. Après la réception, on vous emmènera discrètement à Mare Visum, Leo et toi. Est-ce que cela te rendra heureuse ?

Son masque de bravoure se fissura, laissant entrevoir un mélange de frayeur et d'abattement.

— Je ferai tout pour l'être.

Son visage redevint dur comme de la pierre.

— Tu avais raison, Matthias. Je suis capable de réalisme, après tout.

Sur ces mots, elle tourna les talons et quitta le court de tennis. Il la suivit des yeux en se disant que ce serait mieux ainsi, et que l'étrange sensation de malaise qui le taraudait finirait par disparaître, comme tout ce qu'il ressentait.

Vêtue de sa robe de mariée, une tiare posée sur ses cheveux artistiquement coiffés, entourée de fleurs et de personnes venues lui présenter leurs vœux de bonheur, Frankie était plus éblouissante que jamais.

Non… Ce n'était pas tout à fait vrai. Matthias ferma les yeux pendant un instant et se rappela leur première rencontre. Elle n'était pas maquillée, portait des vêtements banals, mais son sourire vibrait alors d'une telle énergie joyeuse… Son ventre se noua.

Ensuite, il se rappela la première fois qu'ils avaient fait l'amour – son visage rosi par l'extase, ses yeux verts enfiévrés par le plaisir – et dut réprimer un râle.

Et quand il lui avait fait l'amour la veille, sur le court de tennis… elle était tellement belle dans sa fureur, avait brûlé d'une passion si dévorante, celle-là même qui l'avait terrassé trois ans plus tôt…

Mais en cet instant, son beau visage était assombri par une tristesse qui lui brisait le cœur, et dont il était la cause. Il lui avait affirmé qu'il ne voudrait jamais vraiment d'elle, qu'il ne l'épousait que parce qu'elle était la mère de son fils, de son héritier. Tout comme elle l'avait craint, il l'avait rejetée.

Il y avait réfléchi toute la nuit, et avait enfin compris ce qui avait motivé son accès de rage – ainsi que la réserve dont elle faisait toujours preuve avec lui. Elle refusait de s'attacher à lui, de le désirer, d'avoir besoin de lui, de peur de souffrir par sa faute.

Elle voulait être aimée, et savait qu'il ne lui donnerait jamais d'amour.

Dans son visage d'une pâleur de linge, son regard était troublé et ses lèvres pincées. Debout à ses côtés, devant l'autel de la *cathedrali*, il distinguait de légers cernes sous ses yeux, révélateurs d'une nuit sans sommeil. Son sourire était forcé et ses mains tremblaient légèrement.

Peut-être était-il le seul à remarquer ces détails. Mais maintenant qu'il l'avait entendue exprimer ses sentiments, maintenant qu'il savait que ce mariage était aux antipodes de tout ce qu'elle avait toujours voulu, il ressentait un léger pincement dans la région du cœur.

Il embrassa du regard la cathédrale majestueuse où il avait enterré ses parents et son frère, où il avait pris la parole pour rassurer une nation prise de panique et, maintenant comme alors, il fit appel à toute sa force de caractère pour étouffer ses sentiments et faire taire ses besoins personnels.

Il faisait ce que son peuple attendait de lui, mais il voulait aussi adoucir l'épreuve que traversait Frankie, lui offrir ce qu'elle méritait.

Une fois qu'elle serait devenue sa reine, il la laisserait partir pour vivre loin de lui. Ce n'était pas grand-chose... mais c'était tout ce qu'il pouvait lui donner.

— Moi, Frances Preston..., dit-elle d'une voix forte et claire, je te reçois, Matthias Albert Andreas Vasilliás, comme époux.

Elle était heureuse de prononcer ses vœux. Les invités penseraient que c'était l'émotion qui emplissait ses yeux de larmes.

— Je promets de te rester fidèle dans le bonheur et dans les épreuves, dans la santé et dans la maladie, de t'aimer et de te chérir jusqu'à ce que la mort nous sépare.

Soulagée d'en avoir fini, elle regarda Matthias. Soudain, un bruit la fit tressaillir : Leo. Elle se tourna vers son fils et frissonna en voyant son sourire radieux. *Faites que tout se passe bien*, pria-t-elle en baissant les paupières.

— Moi, Matthias Vasilliás, je te reçois, Frances Preston, comme épouse et reine. Je promets de te rester toujours fidèle, dans la joie et la tristesse.

Elle retint son souffle et attendit qu'il prononce les paroles qu'elle avait un besoin désespéré d'entendre, mais qu'elle savait mensongères.

— Je promets de t'aimer et de te chérir, chaque jour de ma vie.

Elle ne put s'empêcher de lever les yeux vers lui. Son expression était sans équivoque : il ne faisait que jouer un rôle, et il lui était aussi pénible de prononcer ces mots qu'à elle de les entendre. Si son cœur ne se brisa pas, ce ne fut que parce qu'il était déjà en miettes.

Ce mariage n'était qu'un mensonge. L'alchimie qui existait entre eux était purement sexuelle, comme Matthias l'avait toujours dit.

Les derniers vestiges de ses espoirs enfantins et de ses rêves naïfs explosèrent autour d'elle.

D'une certaine façon, prendre conscience de la réalité lui rendit le reste de la cérémonie un peu moins pénible. Pendant la réception, elle bondit sur la moindre occasion pour s'éloigner de Matthias. Elle dansa et parla avec les invités en attendant le moment où elle pourrait fuir ce fichu palais et son tout nouveau mari.

Quand la soirée toucha à sa fin, tous les invités et la plupart des serviteurs s'alignèrent le long des murs de la salle de bal pour la voir danser avec son époux. Elle allait devoir feindre le bonheur pendant quelques minutes encore. Ensuite, Leo et elle partiraient et tout serait fini.

Matthias approcha d'elle d'un pas lent mais décidé, rivant son regard au sien. Il lui tendit la main et elle y posa la sienne, et ce simple contact fit battre son cœur plus vite.

Il l'entraîna au milieu de la piste de danse, où le prêtre les rejoignit, une petite bobine de fil argenté à la main. Après avoir dit quelques mots, il commença à enrouler le fil autour de son poignet, puis de celui de Matthias. Frankie se rappela qu'on lui avait parlé de ce rituel, mais cela faisait tellement longtemps qu'elle en avait oublié la signification.

Quand leurs mains furent étroitement liées, le prêtre

s'éloigna. Comme la musique s'élevait, Matthias l'attira tout contre lui, et elle sentit le battement de son cœur inaccessible.

— Ce fil est tissé par le crabe à soie de Méditerranée, dit-il, une espèce endémique de Tolmirós. Tous les mariages royaux sont bénis ainsi. On dit que danser avec les mains liées par ce fil augure d'un long et heureux mariage.

— Je vois, répondit-elle sèchement.

Il soupira, et ils continuèrent à danser en silence. Lorsque la musique se tut, ils sourirent à leurs invités et elle demanda calmement, bien que son cœur batte la chamade :

— Est-ce que c'est fini ?

Il coula vers elle un regard impénétrable et acquiesça.

— Nous pouvons partir, oui.

Ils quittèrent la salle de bal sous les vivats et les applaudissements. Elle longea les couloirs du palais à ses côtés, le dos raide, le visage neutre. Mais dès qu'ils eurent regagné leur résidence, elle voulut libérer sa main – en vain.

Elle essaya alors d'arracher les fils de sa main libre, mais ils résistaient à ses efforts. Soudain, elle eut l'impression d'étouffer. Gagnée par la panique, elle leva les yeux vers Matthias sans cesser de s'escrimer sur le fil.

— Enlève-moi ça, s'il te plaît.

— Calme-toi, *deliciae*...

Il semblait inquiet.

— Ne m'appelle pas comme ça. S'il te plaît... enlève-moi ça. Je ne peux pas... Je ne peux pas respirer !

Elle se mordit la lèvre et chercha de nouveau à libérer sa main. Il lui saisit le poignet.

— Tu ne fais que resserrer le lien. Ne bouge pas.

Mais elle en était incapable. Comme elle continuait à tirer, il lâcha un juron avant de la prendre par le menton.

— Tu ne dois pas bouger.

Sa voix était tellement forte et ferme qu'elle cessa de lutter et attendit en claquant des dents, l'estomac noué. Sans la quitter des yeux, il démêla le fil aussi rapidement que possible. Quand sa main fut enfin libre, elle la frotta de l'autre.

— Ce ne sont que des fils, dit-il d'un ton rassurant.

Mais c'était bien plus que cela. Maintenant, ils étaient liés l'un à l'autre pour la vie, par la loi et par un enfant – et, pour Frankie, par l'amour. Pourtant ce n'était pas suffisant. Ça ne le serait jamais.

Il fallait qu'elle s'éloigne de lui le plus vite possible.

Matthias posa un regard noir sur le tableau et, pour la centième fois depuis que Frankie et Leo étaient partis, envisagea de le déplacer. Ce tableau n'avait pas sa place dans sa vie et encore moins ici, dans son bureau, où il prenait d'importantes décisions politiques.

Depuis le jour où il avait été accroché au mur, ce tableau avait toujours attiré son regard et entraîné son esprit vers des pensées agréables. Maintenant, il le poussait dans un trou noir fait de colère, de réalisme et de désespoir.

Cela faisait quatre semaines qu'elle était partie.

Il repoussa les documents posés devant lui d'un geste impatient, se leva et, bien qu'on soit en tout début d'après-midi, alla se servir un whisky, qu'il but d'un trait. Quand il remplit de nouveau le verre, sa main tremblait un peu.

À quelle heure s'était-il couché la veille ? 3 heures du matin ? 4 heures ? Il ne s'en souvenait pas.

Il reposa les yeux sur le tableau. De plus près, il distinguait chaque coup de pinceau, imaginait chaque geste de la main de Frankie. En cet instant, il éprouvait une haine viscérale contre cette toile, parce qu'elle incarnait tout ce qui était Frankie et qu'il ne l'avait jamais sentie aussi loin de lui, aussi inaccessible.

On frappa à la porte. Comme il ne répondait pas, on frappa de nouveau.

— Quoi ?

Son valet Niko entra et posa une enveloppe marron sur son bureau.

— Le mémo sécurité du jour.

Matthias grogna un remerciement et le valet repartit.

En quatre semaines, il n'avait pas appelé Frankie une seule fois. À chaque fois qu'il avait eu envie de décrocher le téléphone pour prendre de ses nouvelles et parler à Leo, il s'était souvenu du moment où elle s'était farouchement débattue contre le fil de soie qui unissait leurs mains et s'était ravisé. L'appeler aurait été égoïste. Il aurait peut-être été rassuré d'apprendre que Leo et elle se faisaient à leur nouvelle vie, mais il l'aurait fait souffrir, il en était convaincu.

Il avait donc ordonné que son service de sécurité lui fasse parvenir un mémo quotidien. Ainsi, il était au fait de ses moindres gestes et voyait sa vie se dérouler devant lui.

D'un geste vif, il ouvrit l'enveloppe et en sortit la feuille de format A4 sur laquelle était tapé le rapport qui retraçait les faits et gestes de Frankie et de Leo. Mais aujourd'hui, elle était accompagnée d'une coupure de journal. Incrédule, il lut le titre qui s'étalait sur toute la largeur de l'article :

« DES ŒUFS POUR LE PRINCE ! »

L'article décrivait le ravissement de la gérante d'un café local qui avait découvert que la belle jeune femme blonde et l'adorable petit garçon brun qui étaient venus prendre le petit déjeuner dans son établissement la veille n'étaient autres que Sa Majesté la reine et le jeune prince de la Couronne.

Les photos, sans doute prises à l'aide d'un téléphone portable, montraient Leo et Frankie qui, effectivement, prenaient leur petit déjeuner. Aucun garde du corps n'était en vue. Elle portait une casquette de base-ball enfoncée sur le front et Leo, des lunettes de soleil.

Aucun doute : il s'agissait bien de sa femme et de son fils.

La poitrine serrée, il jeta un regard noir sur la photo.

Frankie voulait qu'il la laisse tranquille, mais il avait pensé qu'elle agirait au mieux des intérêts de leur enfant. Et voilà qu'elle l'avait emmené en ville, sans service de sécurité... Bon sang, à quoi jouait-elle ? Il aurait pu y avoir un accident, un kidnapping, un meurtre ! Et c'était cette femme qui l'avait accusé de ne pas se soucier de Leo ?

Il grinça des dents et, avant d'avoir compris ce qu'il faisait, arracha le tableau du mur et le lança à travers la pièce, avec tant de force que le cadre se brisa. Quand il contempla l'œuvre, jadis tellement belle, maintenant brisée et abîmée, il essaya de ne pas établir un parallèle avec Frankie. Il se persuada qu'il était content d'être débarrassé de ce tableau. Plus jamais il ne se laisserait distraire par *elle*.

Mais plus il regardait le tableau, plus sa gorge se nouait. Enfin, il ne ressentit plus que de la honte et un profond chagrin.

Il lâcha un juron, ramassa les fragments du cadre et chercha à le reconstituer, avec une frénésie qui touchait à la folie. Mais ses efforts étaient vains.

— Bon sang !

Alors, avec des gestes délicats, il posa sur son bureau le tableau sur lequel il avait passé sa rage quelques instants plus tôt. Ensuite, mû par son seul instinct, il pressa une touche sur son téléphone. Quand Niko répondit, il ordonna :

— Faites préparer l'hélicoptère.

— Bien, monsieur. Quelle est votre destination ?

Il passa un doigt sur la toile, sur les reliefs créés par les couches successives de peinture qu'elle avait ajoutées, avec soin, avec amour, et ses yeux se fermèrent d'eux-mêmes.

— Mare Visum.

Les couleurs n'allaient pas. Frankie passa son pinceau sur la toile, traçant sur le fond noir une ligne grise tellement fine qu'elle était presque translucide. C'était mieux, mais pas encore parfait.

Elle recula d'un pas pour étudier le tableau, et fronça les

sourcils de plus belle. Il y avait une sorte de magie dans les nuits où apparaissait la lune ici, à l'extrême sud de Tolmirós. Mais quand elle essayait de retranscrire sur la toile la beauté éthérée de la lumière, elle échouait, encore et encore.

Frankie prit son chiffon et le passa sur le bas de la toile, brouillant la mer qu'elle avait peinte la veille jusqu'à ce qu'elle ressemble à un marais boueux, et se prit la tête dans les mains.

Elle était fatiguée, voilà tout. Elle ne dormait pas bien.

Parce qu'elle pensait à Matthias.

Elle défit sa natte, libérant ses cheveux, et laissa échapper un gémissement d'impatience. Pour l'amour du ciel ! Son mari hantait déjà ses rêves. Fallait-il qu'il envahisse aussi son esprit lorsqu'elle était éveillée ?

Elle faisait tant d'efforts pour le bannir de ses pensées… Mais chaque fois, son beau visage lui apparaissait soudain.

Elle releva vivement la tête et regarda la toile pendant quelques instants avant de tremper son pinceau dans la peinture à l'huile rouge et de la barrer d'une ligne rageuse. Elle s'apprêtait à en tracer une seconde quand une voix s'éleva derrière elle.

— Arrête.

Elle fit volte-face. Sur le seuil de la porte, Matthias posait sur elle un regard tellement calme que son cœur fit exactement le contraire - il s'emballa. C'était la première fois qu'elle le voyait depuis leur mariage, et elle n'avait pas eu le temps de se préparer à son apparition.

— Arrête, répéta-t-il.

Elle posa les yeux sur le pinceau qu'elle tenait toujours à la main, semblable à une épée à la pointe tachée de sang. Elle inspira et leva vers lui un regard neutre, bien que son esprit ne soit plus qu'un tourbillon de pensées confuses.

— Je ne savais pas que tu allais venir, dit-elle avec raideur. Tu veux sans doute voir Leo. Il dort, mais il va…

Matthias avança vers elle et lui prit lentement le pinceau des doigts, sans cesser de la dévorer des yeux.

— Arrête, dit-il calmement, pour la troisième fois.

Son visage lui semblait tout à la fois familier et étranger. Il était si près d'elle qu'elle sentait les effluves de son parfum enivrant et la chaleur qui émanait de son corps puissant. Il lui aurait suffi de se pencher pour le toucher...

Elle secoua la tête et recula d'un pas. D'un geste vif, Matthias la retint avant que son dos touche la toile encore humide. Le contact de sa main sur son bras nu la traversa comme une décharge électrique. Elle pinça les lèvres pour retenir un gémissement.

Parce qu'elle avait rêvé qu'il la touche, elle l'avait désiré au point de devenir folle de désespoir.

— Non, chuchota-t-elle.

Elle se dégagea et se tourna vers la toile en friche. Une impression de chaleur persistait sur son bras, là où ses doigts s'étaient posés.

— Leo sera bientôt réveillé, dit-elle d'une voix cassante. Tu peux l'attendre dans le salon.

— C'est toi que je suis venu voir.

Elle ferma les yeux et se prépara à entendre la suite. Elle s'était demandé pendant combien de temps encore on lui permettrait de se cacher ainsi, d'échapper à ses obligations. Mais elle ne s'était pas attendue à ce que le roi vienne la chercher en personne, au lieu de dépêcher un serviteur.

— Pourquoi ?

Comme il gardait le silence, elle fit volte-face. Elle sentait la colère grandir en elle. Il avait envahi son sanctuaire, sans prévenir, sans lui laisser la moindre chance de dresser ses défenses.

— Pourquoi ? répéta-t-elle, sur un ton plus impérieux.

Il ouvrit la bouche pour répondre, mais se ravisa et fit quelques pas vers la toile, qu'il examina en fronçant les sourcils. Frankie fut aussi gênée que s'il l'avait surprise alors qu'elle était nue. Elle avait toujours détesté qu'on regarde une toile sur laquelle elle était en train de travailler. Une œuvre en cours était brute, chaotique.

Elle la regarda elle aussi, cherchant à la voir avec les yeux de Matthias, et vit une toile chargée d'une atmosphère morose, presque menaçante. L'œil était irrésistiblement attiré par le trait rouge.

— Je l'ai achetée, tu sais, dit-il. La toile sur laquelle tu travaillais quand nous nous sommes rencontrés.

— Tu… Je l'ai vendue à un acheteur anonyme.

Elle quitta la toile des yeux pour regarder son profil tendu.

— C'était moi.

Il se tourna vers elle, si rapidement qu'elle n'eut pas le temps de détourner les yeux.

— Mais pourquoi ? Pourquoi l'as-tu achetée ?

Il se fendit d'un sourire chargé de colère et d'autodérision.

— Parce que j'avais énormément de mal à t'oublier. Tu étais toujours là, avec moi, et je savais que je ne pouvais pas te contacter. J'ai voulu tester ma force de caractère en gardant près de moi l'œuvre magnifique que tu avais créée, en me torturant avec la pensée que tu ne serais jamais mienne.

C'était complètement insensé.

— Tu es entrée dans mon sang, comme une sorte de fièvre, reprit-il. Et je ne voulais pas que tu m'affaiblisses.

Elle se mordit la lèvre pour faire taire la douleur qui s'éveillait en elle.

— Jamais je n'ai voulu t'affaiblir.

— Je sais.

Il inspira profondément et leva la main, comme pour la poser sur sa joue, mais il se ravisa et recula d'un pas. Son corps était tendu, son visage grave et impassible. Pourtant, elle sentait des vagues d'émotion émaner de lui.

— Tu as emmené Leo dans un café.

Elle sentit qu'il y avait un sous-entendu dans ces paroles, sans le comprendre pour autant.

— Ce matin ?

Sans répondre à sa question, il reprit :

— C'était dans le journal. Il y avait une photo de vous deux.

— Oui. D'ailleurs, ça m'a ennuyée. Je n'avais pas vu de photographe.

— De nos jours, il suffit d'avoir un téléphone portable pour être photographe.

Il avait raison. Elle acquiesça sans mot dire.

— Est-ce que tu es sortie sans garde du corps ?

La question la prit de court.

— Je... C'était... L'île est petite et le café est tout près du palais. Nous allons souvent à la plage tous les deux, sans garde du corps. Je n'ai pas pensé...

Elle s'arrêta net quand il posa les mains sur ses avant-bras et baissa les yeux vers elle. Elle soutint bravement son regard, mais son cœur refusait de se calmer. Elle entendait le sang rugir à ses oreilles, tel un océan déchaîné.

— Vraiment ?

Il l'attira vers lui, la plaqua contre lui, et elle se laissa faire. Elle ne pensa même pas à résister.

— Tu n'as pas pensé que quelqu'un pouvait te vouloir du mal, ou en vouloir à Leo ?

— Je ne l'ai pas quitté des yeux un seul instant. Il ne pouvait rien lui arriver.

— Qu'en sais-tu ? demanda-t-il d'une voix mourante, comme s'il parvenait à peine à parler. Je t'en prie, Frankie... Ne prends pas de tels risques.

— Je ne prends aucun risque, répondit-elle, bouleversée par son angoisse.

Il secoua la tête, l'air crispé.

— Qu'est-ce que tu en sais ? Tu ne peux pas faire ça. Tu ne peux pas faire une confiance aveugle au monde qui nous entoure. Je suis incapable de vivre en m'inquiétant ainsi.

Gagnée par la compassion, elle caressa sa joue du bout des doigts. Il laissa échapper un soupir.

— Je comprends ce que tu ressens, dit-elle. Tu as perdu ta

famille dans des circonstances atroces, et tu n'as rien pu faire pour les sauver. Maintenant, tu as peur que quelque chose arrive à Leo et que tu ne puisses pas le sauver, lui non plus.

Les yeux de Matthias étincelèrent. Elle poursuivit :

— Mais tu ne peux pas le mettre en cage. Je veux que sa vie soit aussi normale que possible. Je veillerai à sa sécurité. Tu dois me faire confiance.

En voyant son visage se détendre lentement, elle comprit que chacun de ses mots avait touché sa cible.

— J'ai perdu tous ceux que j'avais aimés, dit-il enfin d'une voix tendue, comme s'il parlait contre son gré. Je ne veux pas te perdre toi aussi, ni perdre Leo.

Un espoir imbécile se mit à palpiter en elle.

— Dis-moi pourquoi, ordonna-t-elle.

Tout son corps était à l'écoute du moindre de ses mouvements.

— Qu'est-ce que tu veux que je te dise ? demanda-t-il, de nouveau sur ses gardes. Qu'est-ce que tu veux de moi ?

— Dis-moi pourquoi cette histoire de petit déjeuner t'irrite à ce point.

— Parce que tu es ma femme, que Leo est mon fils...

Elle secoua la tête. Ce n'était pas suffisant.

— Il y a deux mois encore, tu t'apprêtais à épouser une autre femme, lui rappela-t-elle. S'il nous arrivait quelque chose, tu pourrais te remarier et avoir un autre enfant.

— Non.

Dans sa poitrine, l'espoir se fit plus grand, plus éblouissant.

— Et pourquoi pas ? Tu peux épouser qui tu veux et avoir autant d'enfants qu'il t'en faut. Pourquoi te soucier de moi et de Leo ?

— Parce que c'est mon fils !

Le regard hanté, il se passa une main dans les cheveux et les tira. Elle souffrait de le voir ainsi, mais il fallait qu'elle insiste. C'était vital.

— Et parce que tu ne peux pas supporter l'idée qu'il lui arrive malheur, c'est bien ça ? S'il était blessé, ça te tuerait.

— Bien sûr ! rugit-il. Bon sang, Frankie, j'ai assez perdu de proches que je…

Il s'arrêta net. Elle croisa les bras sur sa poitrine et ordonna :

— Dis-le.

— J'ai assez perdu de proches, conclut-il.

Il recula de quelques pas, comme s'il lui suffisait de s'éloigner pour désamorcer la situation. Mais Frankie refusait de baisser les bras.

— Je ne me serais jamais attendue à ce que tu me fasses une réponse de lâche, Matthias.

— Tu oses me traiter de lâche ?

Il partit d'un rire vibrant de désespoir, le rire d'un homme qui se noie et voit l'océan emporter son radeau au loin.

— Oui, parce que, en t'épousant, j'ai affronté toutes mes peurs. J'ai épousé un homme que j'aime de tout mon cœur, en sachant qu'il ne m'aimerait jamais et que je me condamnais à une vie de solitude. Et toi, tu ne peux même pas admettre que tu aimes notre fils ?

Il la regarda de travers et son cœur s'emballa.

— Je l'aime, d'accord ? rétorqua-t-il. Je l'aime tant que je ne sais pas comment je pourrais survivre, s'il lui arrivait malheur. Quand je le regarde, je revois mon frère dans la voiture accidentée. Toute ma famille est morte, Frankie, et je n'ai rien pu faire. Et si quelque chose arrivait à Leo ?

Il posa sur elle un regard chargé de désespoir.

— Et si quelque chose t'arrivait, à toi ?

Elle souffrait de le voir ainsi. Elle s'approcha de lui et posa une main sur son épaule, mais il resta rigide, fermé.

— Non. N'essaie pas de me rassurer. Je ne veux pas te mentir, Frankie. Le jour où je t'ai rencontrée, j'ai décidé de ne pas t'aimer, et j'ai respecté ma décision, bien que chacune des cellules de mon corps brûle de dire ce que tu as besoin d'entendre. Parce que je suis sans doute tombé amoureux de toi dès que j'ai posé les yeux sur toi.

Elle prit une inspiration tremblante et il poursuivit :

— Mais je refuse que mes sentiments dictent mes actes.

C'était un roi qui se tenait face à elle, mais elle ne voyait que le garçon de quinze ans qu'il avait été.

Elle se mit sur la pointe des pieds et effleura ses lèvres des siennes. Il demeura parfaitement immobile.

— Je ne peux pas faire ça, dit-il.

Mais il lui glissa les doigts dans ses cheveux et pressa son front contre le sien.

— Tu ne peux pas te fermer au monde à cause d'un accident, répondit-elle. Tout comme je ne peux pas continuer à vivre dans la peur du rejet, parce que mes parents biologiques ont choisi de ne pas m'élever. Nous ne devons pas laisser notre passé modeler toute notre vie.

— Quand ma famille est morte...

Il avait chuchoté, mais leurs visages étaient tellement proches qu'elle entendit ses paroles aussi distinctement que s'il les avait directement soufflées dans son âme.

— J'ai voulu tout laisser tomber. Abandonner mon royaume. J'aurais voulu être mort, moi aussi.

— Mais tu n'es pas mort. Tu es devenu le roi qu'il fallait à ton peuple.

— Oui, c'est ce que j'ai fait.

En sentant ses lèvres sur sa joue, elle tourna la tête et pressa sa bouche sur la sienne.

— Mais si je venais à te perdre, ou à perdre Leo, je crois que je serais incapable de le refaire.

Les fragments épars du cœur de Frankie commencèrent à se rassembler. Elle devait être forte maintenant, pas seulement pour elle-même, mais aussi pour Matt et Leo.

— Je ne peux pas te promettre qu'il ne nous arrivera jamais rien, fit-elle. La vie n'offre aucune garantie. Mais nous sommes là, et nous t'aimons. Tu ne peux pas continuer à nous rejeter, parce que tu as peur qu'il nous arrive quelque chose. Si nous sommes assez courageux, nous pouvons tous obtenir tout ce que nous avons toujours voulu de la vie...

Il secoua la tête contre la sienne. L'une de ses mains glissa pour se poser sur sa joue, l'autre se plaqua dans son dos.

— Je l'ai bousillé, dit-il d'une voix rauque.

Elle releva la tête, perplexe.

— Le tableau, précisa-t-il. J'étais... Je ne sais pas. Furieux. Effrayé... Non, terrifié. Quand j'ai lu cet article, j'ai décroché le tableau et je l'ai jeté par terre. Quand j'ai vu ce que j'avais fait, quand j'ai compris que c'était la peur qui m'avait amené à détruire un objet d'une telle beauté, je me suis senti...

Il s'interrompit un instant avant de reprendre, d'un ton bourru :

— J'ai détruit ton tableau, et je m'en veux d'avoir aussi détruit notre mariage. Je ne supporte pas de penser que c'est la peur qui m'a poussé à te rejeter et à te faire souffrir autant que je souffre depuis un mois...

— Tu parles de peur, mais je ne vois que ton courage, objecta-t-elle. Personne d'autre que toi n'aurait pu construire sa vie comme tu l'as fait, après la tragédie que tu as vécue.

— Non. Je ne mérite pas ces éloges. J'ai été lâche. J'ai préféré te repousser qu'admettre ce que je ressens pour toi...

— Mais tu es venu, dit-elle doucement. Tu es venu parce que tu m'aimes... N'est-ce pas ?

Ses yeux étincelèrent d'une lueur sombre.

— Oui, dit-il dans un souffle, un sourire effleurant son beau visage. C'est vrai.

— Alors, tu es courageux, lui promit-elle. Et je t'aime.

— Comment peux-tu m'aimer ?

Il semblait sincèrement étonné.

— Parce que tu es bon et gentil, et que je crois aux contes de fées et à l'amour éternel.

Elle déposa un baiser sur son nez et il ferma les yeux.

— Parce que je suis une optimiste, et parce que mon cœur t'appartient, aujourd'hui plus que jamais.

— Ton cœur est un imbécile, gémit-il. Comment peut-il aimer un homme aussi peu digne de toi ?

— Tu l'es bien plus que tu veux l'admettre.

— J'en doute. Mais je passerai le restant de mes jours à essayer de te mériter.

D'un geste vif, il la souleva et la serra contre lui.

— Qu'est-ce que tu fais ? demanda-t-elle en riant.

— Vous m'avez tellement manqué, tous les deux ! Ces semaines sans toi ont été une véritable torture. J'avais envie de parler avec toi, de te faire visiter notre royaume... Et maintenant, je veux te faire l'amour comme j'aurais toujours dû le faire. Je veux te serrer contre moi, te dire que je t'aime, te promettre de te donner tout ce que tu as toujours voulu. Je veux que ce jour soit le premier de ton conte de fées, Frankie.

Elle ne put s'empêcher de le taquiner.

— Je pensais que tu ne croyais pas aux contes de fées.

— C'est vrai, répondit-il gravement. Je n'y croyais pas, mais je t'ai rencontrée et j'ai compris que j'en vivais un.

Il l'embrassa, et ce baiser était tellement chargé d'amour et de désir qu'il rassasia son âme.

— Grâce à toi, j'ai tout ce que j'ai toujours voulu : une épouse, un fils, une famille, un avenir. Et j'ai failli te perdre parce que je refusais de l'admettre. Quel *vlakás* j'ai été !

Elle ne savait pas ce que voulait dire ce mot, mais elle noua les bras autour de son cou.

— C'est vrai. Mais je te pardonne.

— Et tu ne t'étais pas trompée sur mon enfance, dit-il d'une voix étranglée. Je n'y pense pas souvent... ou, du moins, j'essaie de ne pas y penser. Mais le jour où tu étais tellement furieuse, tu m'as dit que mon enfance avait dû être pleine d'amour, et tu avais raison. Ma mère nous adorait, Spiro et moi. Elle se serait battue comme une lionne pour nous protéger.

Le cœur de Frankie s'emplit de tristesse pour cette femme, qui avait connu un destin aussi tragique. Elle posa une main sur le torse de Matthias.

— J'aimerais que tu m'en dises plus sur elle, que tu me parles de ta famille.

Elle sentit sa résistance, crut qu'il allait refuser, mais il hocha la tête.

— Je pense que j'aimerais te parler d'eux. Un jour.

C'était suffisant. Elle l'embrassa sur la joue.

— Nous avons tout notre temps, Matthias. Je ne vais nulle part.

Épilogue

La petite Emilia Vasilliás naquit neuf mois plus tard, jour pour jour. Leo de Tolmirós, prince de la Couronne, avait une jolie petite sœur.

Matthias était resté aux côtés de sa femme du jour où ils avaient appris qu'elle était enceinte, seulement une semaine après son retour au palais, jusqu'à l'accouchement.

Comme il l'avait promis, il n'était pas seulement roi. Il était aussi mari et père et, quand il regarda Frankie lui donner un autre enfant, il eut le plus grand mal à maîtriser ses nerfs.

Il détestait la voir souffrir. Il aurait aimé pouvoir subir cette torture à sa place. Mais elle était forte et courageuse et, après des heures de travail, ils purent enfin contempler leur princesse.

— Elle est belle, comme toi, dit-il d'une voix sourde en posant le bébé emmailloté sur la poitrine de sa femme.

Épuisée mais folle de joie, Frankie contempla sa fille.

— Elle ressemble tellement à Leo, murmura-t-elle, les cils perlés de larmes. Elle a le même nez, et regarde : elle a ta fossette.

Elle leva les yeux vers son mari et son cœur explosa de joie, quand elle décela une humidité suspecte dans les yeux du roi, tellement fort et puissant.

— Elle est divine, renchérit-il d'une voix chargée d'émotion. Une vraie princesse pour notre peuple.

— Une sœur pour Leo, rectifia Frankie en souriant.

Elle caressa les cheveux noirs du bébé, l'embrassa sur le front et s'installa dans le lit.

— Elle est tellement parfaite.

Cette fois, ce fut au tour de Matthias de la reprendre.

— C'est toi qui es parfaite, dit-il en l'embrassant sur la joue. Une vraie reine guerrière.

Ils eurent encore trois enfants, et le peuple de Tolmirós célébra chaque naissance, comme il célébra, des années plus tard, l'annonce des fiançailles de Leo avec une doctoresse australienne, à l'âge de vingt-huit ans. Quand le jeune homme accueillit son premier enfant, la vie de Matthias était tellement riche et pleine qu'il détestait repenser à l'époque où il avait failli tourner le dos au bonheur.

Il n'avait rien oublié de l'instinct qui lui avait commandé de repousser Frankie, de refuser l'amour qui lui avait été si cruellement arraché, des années plus tôt. Mais sa courageuse reine guerrière l'avait percé à jour et s'était battue pour qu'il surmonte ses peurs et ses insécurités. Et c'était pour cela, plus encore que pour le reste, qu'il l'aimait.

Les contes de fées se terminent généralement sur la promesse d'une vie heureuse, jusqu'au tout dernier jour, mais Matthias ne pensait plus à la fin. Il ne pensait qu'au moment présent, et le vivait avec gratitude et sérénité. Quoi qu'il puisse advenir, sa vie était plus belle et plus riche que n'importe lequel des contes de fées de son pays.